Keiji & Satoshi
「セカンドクライ」

Chara

セカンドクライ

尾上与一

キャラ文庫

この作品はフィクションです。
実在の人物・団体・事件などにはいっさい関係ありません。

目次

口絵・本文イラスト／草間さかえ

セカンドクライ

立っているだけで冷や汗が出る。

洒脱《しゃだつ》な木目調で調えられた部屋は、ホテルの一室にしか見えない。

白い革のソファ、華やかな応接セット、壁には大画面のテレビが取り付けられ、窓に巻き上げられたロールスクリーンの向こう、雨で霞《かす》んだ空には海際に建つビルが尖《とが》っている。

「一年間、桂路《けいじ》と過ごしてみるといい。彼の心は豊かだから、きっと君が何かを見つけ出す手助けをしてくれる」

あんなにふくよかだったのに。

ベッドテーブルに乗せられた、痩せた手に視線を置きながら、掠《かす》れた彼の声を耳にしても何も頭に入らない。あと何回彼に会えるだろう。あと何回、彼の言葉を貰《もら》えるのだろう。

「欲しいものを……、やりたいことを見つけなさい、慧《さとし》」

面会が禁じられた部屋に特別に入れてもらっているのに、彼の好意に応えられない。

できません。わかりません――。駄々っ子のような言葉を噛《か》み殺すのが精一杯だった。

「慧は何が欲しいんだろう。何がしてみたい？」

病床からの問いかけにも答えられず、ただ震えながら手を握りしめて俯《うつむ》くばかりだ。

わかりません、麒一郎《きいちろう》さん。

溢《あふ》れそうになる涙と心細さを、手を握りしめて堪《こら》える。彼を安心させる言葉を吐かなければとこれほど必死なのに、口から溢れそうなのは嗚咽《おえつ》ばかりだ。

「大丈夫。できるよ。桂路となら見つけられる。僕の弟だからね」

何も受け付けられない。この人がいない未来のことなど、何の想像もつかない。

† † †

夏は年々目に見えて長くなっているそうだ。

暦上、季節は秋だが、昼間はまだほとんど夏の気温だし、湿度が上がれば蒸し暑い。タオルで口元の汗を拭いながら、立派な庭だな、と奥園《おくぞの》桂路は改めて感心した。

都心から離れた閑静な住宅街。古い日本家屋の取り壊しだ。持ち主が老齢のため売却するそうで、敷地を更地に戻すということだ。

苔《こけ》と植木に囲まれた庭の東側が、四角く剥ぎ取ったように土がむき出しになっている。戦後すぐに建てられた家だそうで、どっしりとした存在感のある屋敷だったが、除去してみるとさっぱり寂しくあっけない。

たえず重機の音がしている。ブザーが鳴る。敷地の端で、抱きつく腕が回らないような太い柱をクレーンで吊《つ》り上げている。雹《ひょう》が降ってもびくともしなさそうな分厚い瓦《かわら》も、土と交じってコーヒーゼリーのようにぐしゃぐしゃになりながら、ショベルカーで四トントラックの荷台に汲《く》みあげられていた。

胸に「三島住建《みしまじゅうけん》」と縫い取りの入った作業服を着た、若いくりくり目の正社員が隣で息をついた。

「お疲れ様でした。明日には終わると思います。明日、奥園さん、お休みですよね？」

桂路は三島住建の不定期アルバイトだ。三島住建は住宅やマンションを専門に扱う建設業で、取り壊しやリフォームのための解体のスケジュールが入ると桂路に仕事を入れてくれる。日当もよく、安全管理もしっかりしているから働きやすい職場だ。

「いつものアレですよね。画家、でしたっけ。俺全然絵とかわかんないから、奥園さんが具体的に何してるか知らないけど」

桂路は美大出の、画家としてのキャリアは三年目だ。一応本職と名乗っていて、学生の頃からポツポツ絵は売れていたし、仲間も多く、展示会にもよく呼ばれる。絵の値段は一万円から八万円。専業ではないから月にデジタルで五枚、油絵なら二枚が限界だった。量をこなすだけならもっと描けるが、これ以上描くと筆が荒れる。しかしそれでは飯を食えないので、こうしてアルバイトで食いつないでいる。

「明日は雨っぽいけど、絵を描くのに差し支えたりしないんですか？」

「いや、ちょっと。――兄貴が死んだっぽくて」

そう言ってしまったのは、嫌みなどではなく、桂路自身まだ現実感がないからだった。

報せ《しら》の電話を受けたのは今日の明け方だ。ずっと兄のことばかりを考えているが、離れて暮らしているせいか、もうこの世にいなくなったと言われてもまるで実感はない。

「ええ⁉　それ大変なんじゃないんですか⁉」

「うん。大変だとは思うけど、まあ……二十一歳で家を飛び出してからずっと疎遠になってて」

驚かせて悪いことをしたな、と思いつつ、桂路は言い訳のように打ち明けた。父は早くに病で他界した。年の離れた兄も同じ病気で亡くなった。『あんなに気をつけていたのになあ』と最後に電話口で彼は笑っていた。

それから二年。初めて聞いたときのショックが薄れたせいか、まだ今この瞬間にも兄からふらっと電話がかかりそうな気がする。

「と言うわけで、明日は休みです。今住んでるアパートが取り壊しになるから、引っ越し費用が欲しいんで、ほんとは働きたいんだけどね」

「あー、わかります。家庭の事情ってやつですね」

人当たりが良く礼儀正しく、クライアントにも評判のいい杉村《すぎむら》の左手首には、ぐるりと鉛筆の芯で刺したような黒い跡がある。

「うん。そう家庭の事情」

今、明るく集まって笑い合う知り合いの中で、まったくあけすけに何もかも喋《しゃべ》れる人はどれだけいるのだろう。自分が不幸と思ったことはないが、自分のせいで、優しい家族と上手《うま》くやれなかったことは確かだった。

あまり豊かではない財布の中から喪服を買った。多分一度しか着ないので、量販店の、ギリギリ喪服に見える品だ。

これで今月の余裕はゼロ。引っ越しに足りるかどうか怪しいところだ。

今住んでいる古いアパートが、取り壊しの対象になった。一年近く前に聞かされていたが、なかなか思うとおりの物件が見つからない。

絵を描く環境をつくらなければならないからだ。キャンバスや道具を置くために、ある程度の広さの家が必要だし、木枠を打つから物音にも気を遣《つか》う。絵の具に使う油のにおいもあるから建て付けのしっかりした部屋じゃないと苦情が出るだろう。もっと家賃の安い田舎へとも思うが、画廊に通う必要もあるので、あまり交通が不便な場所もかえって金がかかる。

今月もう一枚、絵を描こうか——。ふとそんなことが頭をよぎるが、小金を稼ぐための絵を描くために、家を飛び出したわけじゃない。

——経済学部には行かない。俺の絵は趣味じゃない。

強引に意見を通した。母や祖父母は大反対だったが、兄だけが賛成してくれた。

——いいじゃないか、絵に飽きたら大学に入り直せばいいんだから。

転居届を出すような気安さで、そう言い放ったのも兄だ。

兄には迷惑ばかりかけていた。優しい人で、ずっと自分を気に懸けてくれた。学校を出たばかりのときも、たまたま通りかかって、たまたま仕事で食べられなくなりそうな豪華な弁当を持っていて、たまたまローリングストックの入れ替えを車に積んでいて、今から捨てに行くところで、どうしてもいま千円札がほしいから、一万円と替えてくれないか、なんて言い出す、世間知らずで、優しい、十六歳年の離れた、ちょっと不器用な兄だった。家を飛び出してからも兄はずっとメールをくれていた。時々電話もかけてきた。

だから、入院したと聞いたときは、何度か匿名で花を贈った。三千円くらいの気持ちばかりの花だったが、たぶんわかってくれたと思う。

——母さんたちのことは気にしないで、帰っておいでよ、桂路。お前の部屋も、絵を描いていた部屋も、ずっとそのまま取ってあるんだ。

その言葉に甘えられないのは、自分の子どもっぽい意地とずる賢いプライドだ。画家として大成してみせる。飯を食ってみせる。俺には才能がある、俺の感性はアンタたちには理解できない——。家の金で美大を受けて、予備校に通いながら二浪して、在学中にいくつかの小さい賞を取ったのにいい気になって就職をしないまま、素人相手に依頼された絵を描いて小金を稼いでいる。

親や、ましてや兄の前に威張って出せる成果はない。そして頭を下げて帰ろうにも、のこのこ帰れるような家でもなかった。

裾上げの順番を待って、品物を受け取って店を出る。ふと見上げると駅の建物を鉛色の雲が取り囲み、その向こうには墨を落としたような黒い雲が広がりつつある。

ぽつり、と発泡スチロールの粒のような刺激が頬を打った。

夕方から雨だと言っていた。ひどくなる前に帰らなければと思ったが、どこかで明日用の黒い傘を買ったほうがいいのだろうか。


葬儀場に選ばれたのは、都内のとあるホールだった。

普段は室内競技が行なわれる、天井の高いホールのステージに、造花のような白菊が機械的に整然と扇状に広がっている。映画のセットのようだ。スポットライトを浴びた黒枠の遺影。桂路は親族席の片隅で、そのSFじみた非日常的な光景と、僧侶の背中を眺めている。

ホールには厳粛な読経が満ちていた。同じ音程で響く僧侶の声は、ドーム型の天井に跳ね返ってわんわんと頭上でうねっている。人はかなり多いがすすり泣きよりも、ひそめた話し声が耳に入る。

五百人くらいはいるだろうか。それとももっとか。

兄は、全国的に名の知れた企業の取締役だった。戦後紡績で伸ばした会社で、昔は商社だったが、今は食品や製薬など部門ごとに企業として成立している。とうに親族経営ではないのだが、現代表取締役は伯父で、兄は次期代表取締役として大事な時期を過ごしているところに無情な病の宣告だった。

喪主は兄の妻がつとめ、老齢な母がそれを支えている。義理の姉は声を震わせながら喪主の挨拶をしていた。夫婦仲は良かったらしく、あまり家にいられない兄の代わりに家を守る、しっかりした妻という親族の評価も耳に入ってきた。

子どもは二人、男の子と女の子だ。叔父らしいことは何一つしたことがない。彼らと会ったのも彼らが赤ん坊のときが最後だ。兄から時々メールで写真が送られてきた。兄の子どもと言ったって、彼らを一方的に知っている親戚のおじさんに過ぎない。

時々自分より前の席にいる人たちが、こそこそ話してはこちらを振り返る。「あれが弟の桂路さん」と言われているのがよくわかる。さっとまた前を向いて、ひそひそ話す内容までもほとんど丸聞こえくらいに伝わってくる。

奥園家は豪邸だ。父の代で一度建て替えている。それなりの庭がある洋風の家で、敷地を囲む塀の切れ目には警備保障会社のシステムがくっついている。

兄は、そんなところに帰ってこいと言っていたのだ。今更ながら「帰れるわけがないだろう」と即答するほどの肩身の狭さだが、消防法でNGが出ているようなおんぼろアパートで、食うや食わずの生活をしている弟を見れば、そう言わざるを得なかったのだろう。あるいはあの兄のことだから、本気で自分を助けようとしたのか。

また、喪服の女性たちが数人、ちらりとこちらを振り返った。目が合うと慌てて前を向く。

——遺産を取りに来たんだって思われてるんだろうなあ。

美大出の、今も困窮生活をしている血の繋《つな》がった弟。社会的地位と資産のある兄が死んで、葬式に参列している時点で卑しい想像を巡らされて当然だ。でもこれはまったく下衆《げす》な想像だった。

遺産の取り分について、父が亡くなったときにそれなりの配分があり、自分はまだ未成年だったから、そのまま資産として運用されている。将来、もしもアトリエを建てたり起業したりするときは、それを資金とする予定だが、何の見通しもなく浪費するわけにはいかない。起業以外の理由でその資産を崩すことは『画家としてやっていけなかった』と認めることだ。大成するか、画家を諦めるまではけっして手をつけないと決めていた。

それとは別に、資産家だった兄が、いくらか自分に残したいと遺言を残したそうだが、それは昨日のうちに断っている。立派な家族がいる兄から、今より何かを貰おうとは思っていないし、その意向は彼の右腕、緒川《おがわ》という秘書に伝えていた。

今日は本当に、兄の死を悼みにきただけだ。親族企業にありがちな、ドロドロドラマの一番嫌な役どころ、兄の財産をたかりに来たフリーターの弟という役柄からは外してほしい。……って、ぴったりか。

あの兄が死んだと思うととても悲しかったが、不思議と涙は出なかった。

葬式に来ても現実感がない。きっと夢のほうがまだリアリティがあるオブジェ的な祭壇のせいだ。

読経が終わり、アナウンサーの女性が悲しげに語りはじめた。いつの間にかうっすらとクラシックが流れている。

葬儀は盛大で、花がものすごかった。外にはテレビのカメラがいた。左のほうの来賓席は、テレビで見たことがあるようなコメンテーターや議員バッジをつけた男、葬儀なのに色つきの格好で来ている芸能人だとか、頭がもじゃもじゃの音楽家とか、とにかくすごい顔ぶれで、いよいよつるしの喪服をきた勘当同然の弟が近づいて親族顔ができる感じではない。

夢だと言われたほうがまだしっくりする。

薄闇の中でぼんやりと、光るほど白い菊の粒を眺めていると、中腰で側《そば》に男がやってきた。

「前のほうのお席にお座りくださいと、お伝えしたはずです」

企業の社長秘書という概念を３Ｄプリンターで出力したような男だ。昨夜も会った。これが兄の右腕、緒川という秘書だ。歳《とし》は四十半ば。兄よりいくつか年上だと聞いている。

「ここでよく見えるよ」

「このあと焼香です。大奥様が、やはりお子様方のあとにお願いしますと言っています」

「気を遣わなくていい。昨日断ったでしょう？」

ほとんど仕事感覚で来ているような、他の企業の役員たちは見ているのだ。奥園の家族を、彼がどのようなプライベートに包まれて生活していたのかを。

母も、兄の妻もその子どもたちも、兄の家族として立派なものだ。そこに今更ツッコミどころしかないような自分がのこのこ出て行くつもりはない。

「心配しないで。親族の最後のほうにしれっと交じっておくよ。もう行って」

元々自分をあまり快く思っていない緒川は、簡単に引き下がった。昨日よく話し合ったはずだ。「やっぱり」と言い出したのはどうせ母だろう。昔からそういう人だ。

焼香の時間となり、血縁の近い順番から祭壇の前に行った。中央に親族用、両脇には来賓用の焼香場所が設けられている。

親族の最後のあたりに交じって、容《い》れものの中から香木の粒を少し摘《つま》み、みんながするように桂路も香を捧げた。

どこにいたって何番目だって、兄貴なら気づいてくれるよな。

そう心の中で語りかけ、ありがとう、ごめんなさい、心配しないで、と唇を動かして、指先から、香に埋もれた炭の上に香木の粒を落とす。

本当に慈悲深い兄で、高校二年生頃からドロップアウト気味だった自分をずっと気にかけてくれた。

立派じゃないけど生きていける。パリ留学の頃に聞いた、たゆたえども沈まずと、まさにそういう生き方だが、自分はわりと器用だから生きること自体を心配してはいない。


葬儀が終わっても外は小雨が降っていた。傘をさす人とささない人がいるくらいの雨量で、時々パラパラと音を立てる。堪えた涙のような雨だ。

ホールの入り口にリムジン型の霊柩車《れいきゅうしゃ》が横付けされていた。鏡みたいに磨き上げられた黒い車体をぼんやりと眺めていたら、ふと隣から顔を覗《のぞ》き込まれた。

「まあ、桂路さん？　大きくなったわね。ちょうど留学から帰ってらしたんだって？」

母親と同じ年代くらいの喪服の女性——口ぶりからして久しく会っていない叔母の誰か、さらに遠縁か。

「あ……ああ、まあ」

親族の間ではそういうことになっているのか——。体面上の嘘《うそ》をついているならついているで（多分母が）、そう言ってくれれば話を合わせておくのに。

母とは何度か目が合ったが、改めて声をかけてくることはなかった。昨日も他人行儀の挨拶は交わしたが、それだけだ。むしろ罵るのを堪えているようだった。

家のことも考えず、父に逆らって飛び出した次男だ。そして元々の原因は絵のことだったが、直接的なきっかけは恋人のことだった。飛び出したとき——二十一のときに付き合っていたのが男だった。美大に入って一年、芸術という麻薬にちょうど頭まで染まりきった頃で、男の恋人がいることをステイタスのように感じていた。

彼が母の前で桂路と付き合っていると言い放った。母はパニックで理解を求めるも何もなかった。彼とも結局それが原因で気まずくなり、逃げるように留学した。得たものと言えば自分がバイセクシャルではなく、ゲイだという自覚だけだろうか。兄の病が発覚してからも、援助の手を伸べられなかった。他人以下だ。そんな自分を母が許すはずもない。

気まずいな、と思いながらもこれ以上兄の体面を穢《けが》さないために自分は来たのだ。何もできない弟だった。「弟はちゃんと葬儀に出席していた」という事実をつくるため、どれほど長い針のむしろでも、短い時間を堪えると桂路は決意した。

さっきの女性が戻った場所から、同じような風貌の女性が数人まとめてこちらを振り返った。

「あらそう！　留学先はオーストリアでしたっけ？　ヨーロッパで絵の鑑定をしてるんですってね。ずっと海外に？」

どういう設定だ、母さん。

葬式ということを忘れていそうに興味津々な彼女たちに、曖昧な笑顔を返してその場から離れた。

出棺待ちで人がどんどん玄関に集まってくる。母親たちはリムジンの側で参列客の応対をしていた。本来ならばあそこで彼らを支えるべきなのだろうが、ほとんど社葬の扱いだから、人手は間に合っている。

疎外感とも安堵《あんど》ともしれない無力感を感じながら、前の人の肩に落ちた雨粒の染みを見ていると、ホールの奥から人の声が聞こえた。出棺だ。

通りやすいように人が道を空ける。奥から白い布をかけられた棺が運び出された。僧侶が側に添っている。

すすり泣きが聞こえる。桂路も手を合わせた。ハッチから棺が運び入れられている。これが別れだろうと思うと、さすがにその場面を見るのが忍びなくて桂路が目を閉じたとき、後ろのほうで小さなざわめきが上がった。

「奥園さん!」と繰り返す男の声がする。

ここにいる人間の多くが奥園という名字だ。反射的に声のほうを振り返る。男は、数人に引き留められながら霊柩車に駆け寄ろうとしていた。

スーツを着ているが、まだずいぶん若い。骨細の体型で、よくて新入社員くらい、若ければ高校生くらいに見える。見たことがない顔だった。昨日の親族挨拶のときもあの年頃の青年はいなかったはずだ。

「奥園さん! 奥園さんを連れて行かないで!」

そう叫んで手を伸ばす彼を引き留めているのは緒川だ。他に喪服の若い男たちが二人、彼の腕や背中を摑《つか》んでいる。

「奥園さん――！」

きれいだっただろう喪服をぐしゃぐしゃにして、ワックスがついた髪も摑み合ったように乱れていた。乱れ落ちた髪で目元が隠れ、開いた唇ばかりが見えている。腕を摑まれ上着が脱げかけている。止めるほうも本気で、ベルトを摑み、容赦ない力で腹のあたりのシャツを摑んでいた。

困惑した顔の奥方にむかって緒川が大丈夫だと頷《うなず》く。「奥園さん」と呼ぶ声を遮断するようにリムジンのハッチは閉められた。彼は青い横顔を見せながら叫び続けていた。必死さが尋常ではなかった。

長いクラクションが鳴り響く中、彼は引き留める手を振り払い、上着が半分脱げた状態で前の人垣を掻《か》き分け、リムジンに向かって走り出そうとした。それをスーツの男たちが追いかけて摑み直す。周りにいた男性も彼を押さえ込むのを手伝っていた。

「奥園さん――ッ！」

ほとんど地面に組み伏せられた彼の叫びと同時に、クラクションの音は消えた。

僧侶の読経に見送られ、リムジンはゆっくりと人垣を掻き分けて発車する。

「どこの人？」

「会社の人じゃない？　だって周りの人もそうだもの」

興味と侮蔑が混じった囁《ささや》きが、桂路の耳に飛び込んでくる。リムジンは道路の曲がり角にあっという間に消えていった。ばらばらと散りはじめる人々が、取り押さえられたままの彼を避けながら歩いてゆく。

彼は緒川たちに囲まれて地面にしゃがみ込んでいた。もう摑まれてはいないが髪も喪服も乱れて、暴行に遭ったあとのようだ。手のひらに顔を埋《う》めて肩を震わせている。

人の葬式に来て、一体彼は何なんだ――？

「秘書の一人なんだって」

誰かが呟《つぶや》いて桂路を追い越していく。それにしてはだいぶん若いようだが、緒川やその他顔ぶれを見ても、会社で兄の身近にいた人間には違いないようだった。

乱れた黒髪。呆然《ほうぜん》とした横顔は繊細に整っていて、唇が切れているのが妙に艶《なま》めかしかった。泥に汚れた手が白い。覗いた手首が細かった。遺された者独特の儚《はかな》さがある。

ぽつぽつと点を打っていた雨が、空に線を引きはじめる。さあ、と音を立てて丸まった彼の背中を打った。

「ご親族の方は、一旦中に入ってください！」

ドアのところからスタッフが呼ぶ声で、はっと我に返った。

ごめん、兄貴――。

先ほどの一瞬、彼に見とれて状況を忘れたのは本当だが、不謹慎と言われるほどではないはずだ。好み、ではある。とりあえず雰囲気と声は。

桂路は心を撫《な》でた艶めかしさを噛み潰し、腕を摑み上げられている彼を横目にホールの入り口に向かった。

葬儀が終わったホールの中は、人が数人単位で固まってまばらに座っていて、雑然としている。バスや迎えを待っている人々だ。

桂路は人だまりを避けてホールの端のほうのパイプ椅子に座っていた。相変わらずちらちらこちらを振り返る人がいる。

ずっとホールの人の出入りを眺めていたが、先ほどの青年が入ってくる様子はなかった。しばらくするといつの間にか、人の間に緒川が交じっていることに気がついた。このあとの居場所の確認などを行っているようだ。

伯父がマイクで、もうじき親族用のバスが到着すると言っている。桂路もそれに乗ることになっていた。

彼は、兄の何なのだろう。

見当もつかないし、知ったところでどうしようもないことだ。兄貴は人徳があったし、ああいう人がいても不思議ではない。

「バスが到着しました。ホテルに行かれるご親族の方は御乗車ください」

入り口から声をかけられて、人がガタガタと音を立てて椅子から立ち上がる。

それにしたって、自分が死んだとき、あんな風に嘆いてくれる人がいたら幸せだろうな、と思いつつ、たった一人のその人を今日失ったのだと思うと、ようやく重い悲しみが腹の奥のほうに落ちてきた。


明日、初七日の会食があるが、さすがにそれに出るような胆力は持ち合わせていない。

桂路の使命はあと一つだ。ホテルで、相続の目録を読み上げる会合に出なければならない。

会合と言っても下話は昨日のうちに済ませてある。元々兄に遺産が多いことはわかっているし、遺産に口を出したい親族が多いことも知っていた。

急死ではなかったから準備期間も十分だ。昨日のうちに最終調整をし、弁護士がそれに従って書類をつくり、今日はそれを読み上げ、必要なら判を捺《お》して、親族全員の前で言質を取って、後々文句が出ないようにする。

兄には妻子がいるので新たに主張すべき遺産の取り分はない。しかし、兄が遺言で三百万円を自分に渡したいと書き残してくれたらしい。彼の家族も承知していると緒川の説明を受けたが、それは貰うべき金ではないので桂路は首を横に振った。だが緒川の説明はこうだ。

兄の意向、そして何より奥方が『遺言に従って、弟に幾ばくかの遺産を与えた』という安心がほしいのだそうだ。それも必要ないと答えたが、あとで難癖をつけられたり、週刊誌に『奥園取締役の妻は、莫大《ばくだい》な遺産から実弟にびた一文遺産を分け与えなかった』と書かれるのを怖れているらしい。

意味がわからない、と桂路は首を傾《かし》げたが、そういうものなのだそうだ。経済界で公人として扱われる身分になると、根も葉もないお家騒動をでっち上げられるらしい。一つ二つは覚悟しているが、先回りしてなるべく数を潰しておかなければならない。大変だなと思った。葬儀にも何人もマスコミらしい人間が交じっていて、最後まで親族のような顔をして会場に残っていた。

でも弟がたかりに来たと言われても問題だろう? と言い返すと、妥協案として三十万円を引き取ってくれと言われた。微妙な金額だ。『遺産を受け取った』と言うほどの額でもないし、だからといって断れば、嫌な顔をしながら金額を吊り上げてくるのだろう。

やや理不尽だが落としどころだ。それを受け取って判を捺せばこの件は収まる。

受け入れることにした。引っ越し費用として、画材代として、兄貴からの最後の援助だと思ってありがたく受け取ろう。

夕食のあと、ホテルに残ったごくごく近しい親戚が会す中、弁護士が兄の遺言を読み上げ、その後微調整された配分が読み上げられた。誰もそれに異を唱えなかったから遺産の話はそこで終わりだ。

これから形見分けをするというが桂路は辞退した。兄が趣味で集めていたゴルフクラブや万年筆、ネクタイピンや酒類の行き先を決めるそうだ。

「それでは、桂路さんはこちらへ」

緒川が桂路を別室に案内した。念書があるそうだ。印鑑を持参するように言われていた。ご苦労なことだ。金持ちには税金とは別に、労力で支払う課税があるのかもしれない。

どうぞ、と言って案内された部屋は最上階に近いセミスイートだ。朱肉があり、印鑑台がある。テーブルの様子から見て、用事が済んだ人間からこの部屋に来て書類にサインすることになっているようだ。

「そういえば出棺のとき追いすがってた人、会社の人？」

緒川に会ったら訊《き》いてみようと思っていた。

ホテルに来ていないということは親族ではないし、会社の人に違いない。ただかなり若く見えるし——まさか腹違いの兄弟なんてことある？　と訊いてみたくなった。父は仕事一筋で、潔癖なタイプだった。99％それはないと否定しながら1％の可能性が心から追い払えない。

「ええ。秘書見習いです。まだ学生ですが」

緒川はぶっきらぼう寸前の冷たい声で返した。隠し子よりも意外な答えだ。

「そんなのアリなの？　一応企業でしょう？」

「若くて優秀な人材を囲い込むのも生き残り戦略です」

いかにも緒川の言いそうなことだ。それに、兄はのほほんとしていて優しかったが、出世街道をエレベーターで昇ったような人だった。通常のビジネスパーソンの定石を飛び越えるようなこともするのだろう。

「優秀なんだろうね」

若干の自嘲を込めて桂路は感想を述べ、バッグから印鑑を取り出した。

普段は貸金庫に預けている。自分から取り上げる金はせいぜい三万円くらいしかないが、自分がこの判を捺すことで兄の財産に迷惑をかけないためだ。

「桂路さんは、形見分けには行かなくていいんですか?」

「うん。今更兄貴との思い出の品もないし、ゴルフもしないしね」

思い出があるとしたら、黒いふたの虫かごくらいだ。それも十五年も前の話か、もうこの世に存在しないだろう。「これから逃げ出した虫はいない」と言って兄がわざわざ土産にしてくれたのを、なぜか定期的に思い出す。

「そういえば、とっておきの遺産を残すから楽しみにしといて、って言われたんだけど、何のことだったんだろう?」

兄は自分が治癒しないことを知っていた。電話口で軽い口調でそんなことを言ったが桂路は聞き流した。今のところ最終的な贈与は日本円で三十万円だ。別荘や子会社の株を譲られる気配はない。

「今の俺には三十万でも大金だけどね」

そう言いながら目の前に並べられる書類を眺め、緑色の印鑑シートを紙の下に敷き込んで、丸で囲んだ印という字を探してどんどん判を捺してゆく。

緒川が言った。

「契約書はよく見たほうがいいですよ？」

「俺に会社を継げとか書いてないよね？　新しい取締役いたよね？」

顔を上げもせず返事をする。親族の噂話《うわさばなし》によると、兄の派閥の男がそのまま役職を引き継ぐらしい。家は兄の長男が継ぎ、将来的には彼を会社の重役に据えるという話だ。桂路は元々その計画に組み込まれていない。

「ええ。社員を路頭に迷わせることを、麒一郎さんは望んでいないと思うので」

「だよね。じゃあ、いいよ。何でも」

住所は印刷されていて、甲乙甲乙と並んだ書類に署名をし、判と割り印を捺してゆくだけだ。漏れがあったら呼び出される。丁寧に捺すべき場所を探してページをめくっていると緒川が言った。

「他にお受け取りいただきたい遺産がございます」

「もう十分。三十万でも貰いすぎなんだ。残りは放棄するよ」

「いえ、放棄されては困ります。たった今サインも済ませましたし。麒一郎さんに聞いているというなら話は早い」

「——……。……は？」

　ぽかんと緒川を見上げた。

「や、もういいって。雑な暮らしで、大事なものを貰っても粗末になったら俺も嫌だし、近々引っ越しなんだ」

　それも今週中になんとかしなければならない。人情に厚い大家はギリギリまで居てくれてかまわないと言ってくれたが、来週金曜日には取り壊しが始まる。

　緒川は目の前から書類を拾い上げた。もう絶対に返さないと言うように、背後に用意された革のアタッシェケースに入れて蓋を閉めた。ばちん、とバックルの音がする。

「もう完了ですので拒否権はありません。不服申し立てなら弁護士を通してください」

「ちょ、そういうのいきなりすぎるだろう。ちなみにその遺産って何？」

　言い終わらないうちに、緒川はアタッシェケースの隣から持ち出した漆塗りの箱を開けた。中に手帳が入っている。

「まさか、埋蔵金」

「さすが美大出は想像力が豊かですね。違います。社長が残された書き付けと、秘書見習いです」

「へ？　え……？」

書き付けがその手帳であろうことは容易に想像できる。だが秘書見習いとは？

「日中ご覧になったでしょう？　あの取り乱していた、見習い秘書ですよ」

「いやいや、ぜんぜんわかんないんだけど、どゆこと……？」

「彼は優秀ですよ？」

「いや秘書貰っても困るって。俺の話聞いてる？　来週引っ越しなんだけど」

緒川は表情だけで「聞いていないのか」と失望を桂路に伝え、寄せていた眉間の皺《しわ》を手のひらで撫でて伸ばした。

「もう少し詳しく口頭で説明しましょうか？　あの秘書見習い。彼の家で彼と暮らすこと。この日記を精読すること。内容に従うことは先ほどあなたが判を捺した契約書にも書かれています。私はあなたから完了の報告を受けたら、報告書をつくって弁護士に提出しますので」

緒川は、先ほど二部判を捺した書類の半分を、留め具のついた書類入れに入れて桂路に差し返した。

「こっちの書類に書いてありますから、よくお読みください」

「マジかよ」

さすがに驚いて呻《うめ》くと、緒川は呆《あき》れたような顔をした。

「あなたが麒一郎さんの弟だということは遅かれ早かれ金融にバレるでしょう。妙な証券会社の営業に毟られないよう、契約書はよく読んだほうがいいですよ」

「身内がこんな詐欺みたいなことするとは思わないだろ⁉」

「それに、桂路さんがお住まいのアパート、来週取り壊しだそうじゃないですか」

身辺調査済みか。

思い返すまでもなくそういう家だった。そして奔放に貧しく暮らしていたつもりでも、いよいよ死にかけたら誰かが助けに来てくれるだろうと思って疑わなかった甘ちゃんなのも事実だ。

カフェマシンのコーヒーを出されて、それを飲んでいるあいだに緒川から説明を受けた。

彼は、生前に兄が与えた郊外の一軒家に住んでいるそうだ。元々祖父が、会社の役員に社宅として与えていた家だ。

緒川に聞くところによると、あのあと倒れてしまったという。危篤が告げられてから病院に詰めていて、眠っていないところに葬儀で感情のピークが来たらしい。自分よりずいぶん身内らしい心の人だ。

「と言うわけで、当面の契約を守っていただきます。彼には説明済みで、合鍵もつくっていますので帰りにお渡ししますね。同居をしてみて、どうしても不可能な場合の条件なども一応揃えていますが、さしあたり彼の体調が戻るまで様子を見てやっていただければ」

法律的なことは弁護士が行うが、こういう身内の調整は緒川がやっている。兄の病状について、家族の次に緒川に知らされたそうだし、病の判明からこのあとしばらくは荒れるだろう仕事の引き継ぎまで、彼の負担はかなりなものだ。腹をくっているのか相変わらずきちんとしたままだが、前に会ったときよりずいぶん痩せた。

「まあ、それくらいなら。明日は仕事に行くけどいい？　持病があるとか？」

「大丈夫でしょう。精神的に駄目そうだったら連絡をください」

「後追い自殺の責任とかはとれないよ？　止められなかったとか言われたら困るんだけど」

「言いませんよ。彼はそんなことしませんし」

「ほんとかなあ……」

　葬儀の様子を見ていると到底信じられない。

　勢いよく後追いしそうな雰囲気だった。体のいい見張り役を任されたのではないか。でもまあ、三十万円を身体《からだ》で返すと言うには簡単すぎる仕事か。

　涙を分け合うだけなら、罪滅ぼしの代わりに彼の話を聞こうと思う。駄目な弟だと、彼が兄の代わりに自分を罵るなら甘んじて受け止める。

「わかったよ。このままそこに行けばいいの？」

「ええ。よろしくお願いします」

「了解。緒川さんも、お疲れ様」

　厳格な彼とは性格が合わないけれど、ずっと兄を支えてきてくれた男に感謝している。

サラリーマンの帰宅ラッシュに交じって電車に乗った。

日頃はラッシュを避けるし、バイト先は徒歩二十分だから二十一時の混雑は久しぶりだ。

可能なら直接その家に行ってくれと緒川は言う。彼は自分が来ることを知っているし、ゲストルームにベッドの用意もしてあると言って周辺地図と家の間取り図までくれた。

夕飯は済ませたし、着替えも持っている。バスルームも勝手に使ってくれと言うからそうさせてもらうことにした。

灯《あか》りの灯《とも》った駅を出て、住宅のある坂を歩く。ぽつぽつと灯る電灯の輪っかの中を通りながら歩くと、指定された家はすぐに見つかった。

塀には鉄の小さな門がついていて、鍵はかかっていない。玄関先にはほの暗い灯り。古い表札には「柿崎《かきざき》」と書いてあった。元職員の名前で、それを目印にしてくれと言われた。

眠っているかもしれないので、黙って上がって風呂を使えということだ。わかっているが居心地が悪い。泥棒と疑われるようなことをするのが生理的に無理だ。

他人の家に上がり込み、間取りを確認してバスルームに向かう。お湯は張られていて、ステンレスの網棚には一般的なシャンプーとボディーソープが置かれていた。

風呂を使い終えて指定された部屋に向かった。最悪親族会議が揉《も》めたときのために、明日の服と着替えは持って来ているが、さすがにパジャマは持ち歩かない。今夜はTシャツとパンツで寝るしかなかった。

パタン、とドアを閉め、壁に手を伸ばして灯りをつける。

アンティークな英国風のしつらえと家具。セミダブルベッド、机もシンプルな飴色《あめいろ》で、アイアンフレームのデスクランプが載っている。

荷物が入ったバッグをソファに下ろして、桂路はメイクされたベッドに倒れ込んだ。

契約書の条件を、緒川に嚙《か》み砕いて教えてもらうところによればこうだ。

保坂《ほさか》慧――あの若い秘書と一緒に住んで、普通の生活を教えてやってほしい。その書き付けに記載された期間が過ぎたら、家を出るなり続けて住むなり、二人で話し合って決めてほしいそうだ。

「普通の生活ってなんだ？」

大学生で企業アルバイト。少数だろうが特殊という程ではない。自分よりよほど一般的だと思う。

性格がピーキー？　いや企業の秘書は何より自制心を求められるはずだ。社会常識を教えるというなら、自分をあてがうのは最も不適切だ。

二十二歳大学生。秘書見習い。彼についてそれ以上の情報が無い。いや。

――奥園さん！

彼の叫び声とか張り詰めきった瞳の色とか、――やや常軌を逸していたのが原因か。

彼の横顔を思い出すと、胸というか、下腹というか、甘苦い衝動が膨らむが、とりあえずまだ喪中だ。

まあいいか。夜中にいきなり殺しに来るとかでなければ。

ちょっとだけぞっとしてドアのほうを見たが、そんな様子はないようだ。

疲れた、と、桂路はダマスク柄の天井を見上げた。

兄が危篤だと連絡が入ったのが四日前。訃報と、葬儀のスケジュール、スーツと数珠、喪服のネクタイ、黒い革靴を量販店とドラッグストアで掻き集めて、各種説明からの通夜、葬儀、ずっとつきまとう親戚の視線。

馬鹿みたいだ。悼む暇がない。

そういえば、と鞄《かばん》の中から茶色のビニール袋を取り出した。中に入っているのは埋蔵金の在《あり》処《か》を――示さない黒い革の手帳だ。

仕事で成功するノウハウでも書いてあるのかと思いながら、しっかりした表紙を開くと、一ページ目のまん中に「桂路へ」とブルーブラックの万年筆で書いてある。

ページをめくると、同じ万年筆で、丸っこい横書きの文字が綴《つづ》られている。兄の文字は女の子のような丸文字で、体型に似ていた。

書き出しはいきなりだ。

聞いてくれるかい？

僕は捨て犬を助けるような軽々しい気持ちで、純粋な善意で、彼を引き取ってしまった。犬なら一生かわいがってごはんを食べさせればいいけど、人間は生きて幸せにならなきゃいけない。そのときは僕にはそれがわからなかった。

お弁当の代金と思って彼を見守ってくれ。できるなら、家族の温かみを教えてやってくれ。僕にはできない。僕の家族がいるから。

そして彼を君に出会わせることは、お金より価値がある遺産だと自負している。

一ページ目はそこで終わりだ。

何のことだかわからなかった。犬を引き取った——？　いや「彼」とあるが誰のことか——と思ってすぐに思い当たった。

緒川でなければ彼しかいない。だが引き取ったとはどういうことだ。養子を迎えたとは聞いていない。実子がいる兄が男の子を養子に迎える必要性もない。

次のページをめくってみると、先にもこの調子で色々と書いてある。

ぱらぱらめくって拾い読みしてみたが、初めのページ同様、言葉が抽象的すぎてよくわからない。

「……無理」

手帳を閉じてベッドに倒れた。胸に手帳を置いて目を閉じる。

覚悟はしていたが、それなりに混乱した一日だった。極めつけは突然の移住命令だ。脳がこれ以上新しいことを受け入れられない。内容もこんな感じだし、緒川も「概略は話したとおりだから疲れが取れたら読んでくれ」と言っていた。とりあえず今夜は無理だ。

静かな家だった。遠くクラクションが聞こえ、微《かす》かに届く電車の音が心地いい。バイト先からは少し離れたが、ここはアトリエが近いな、と思った。覚えているのはそこまでで、桂路はそのまま眠ってしまった。

スマホが朝を告げる。昨夜ホテルを出る前、緒川から起床の時間を尋ねられたから七時半と答えると「その頃には起きていると思うので、挨拶だけでもしていってください。食事は近所のファミレスで」と言って懐から財布を出そうとしたので、さすがにそれは断った。

カーテンを開けた。雨が上がって鮮やかな緑が見える。裏庭もあるのか。感心しながら部屋を出る。

リビングのほうに行ってみると物音がしていた。

「おはようございます」と声をかける。居間には白い長袖Tシャツ姿の青年がいた。リビングのテーブルに朝食を出しているところのようだ。二人分ある。

彼を引き取った——？　犬……？

やはり手帳はもっと頭がはっきりしているときに読むべきだ。

すっきりした出《い》で立《た》ちの彼は、養子と言うには歳を取り過ぎているし、犬にも見えない。

彼ははっとしたようにこちらを向き直った。

「おはようございます。昨日は挨拶にも出ずに失礼しました」

その場でぺこりと頭を下げた。丁寧な挨拶というより教育済みのビジネスマンという感じのお辞儀だ。

「いや、こっちこそ。緒川さんに聞いていたけど、だまってあれこれして失礼しました。俺は奥園と言います。ああいや、奥園桂路、奥園麒一郎の実の弟です。このたびは兄貴がお世話になりました。よろしくお願いします」

「僕は保坂慧と申します。生前、奥園さんには本当にお世話になって——」

そう言った時点で言葉を詰まらせる。震える唇に力を込めていて言葉が出ない。

線が細い。さらさらの黒髪を下ろしてTシャツを着ていると、まだ高校生くらいに見える。

そのまま息を止めてしまいそうな彼に、桂路のほうから話しかけた。

「倒れたって聞いた。身体は大丈夫？」

「はい。お見苦しいところをお目にかけてしまい、申し訳ありませんでした。大丈夫です」

「あの……さ」

いきなり違和感に突き当たった。なんというか口調がおかしい。

「ごめん。俺、堅苦しいのが苦手で、普通に喋っていいよ。タメ口よりは少し丁寧に話してほしいけど、家でも会社みたいなのは息が詰まるから」

「お嫌ですか」

「あ……うん。先輩とか、学校の先生ぐらいでお願いできたら」

「わかりました。善処いたします」

「うん……？」

戸惑いを消しきれないまま、初対面から強く注文を突きつけるのもどうかと思いつつふとテーブルを見る。ごはんときれいに焼いたベーコンエッグ、ブロッコリーとコーンのソテー。ガラスの椀《わん》に盛り付けたサラダ。これから撮影に使えそうな見栄えだ。

「食事……」

「はい。奥園さんもどうぞ。お時間はございますか？」

「あ……ああ、はい」

駄目だ、こっちが釣られる。

「温かいうちにどうぞ」

「お言葉に甘えます」

もしかして緒川は、慧を使って自分を社会人として教育しようとしているのか。それとも兄が自分を心配して、ビジネスシーンで通用するように、彼の面倒を見させる振りで、行き届いた彼に自分を押しつけたのか。

熱いコンソメスープが運ばれてくる。座って気づいたのだが、こっちは上座だ。慧は斜め向かいに座って自分が箸を取るのを待っていた。

「いただきます」

軽い混乱を抱えたまま箸を取ったが、やたら美しい朝食だった。器もたまごの焼き加減も、蠟《ろう》のサンプルのように完璧だ。

「俺は今から仕事だけど、君は？」

「緒川さんから連絡があるまで会社は休みです。大学は午後からひとつ」

「本当に身体は、もういいの？　緒川さんに君の体調のこと、頼まれてるんだけど」

「はい。一晩眠ったらよくなりました」

慧は基本的に健康で、倒れたのは心痛が原因のようだ。顔色は悪くないが、泣きはらして赤みを残した目の下の、くすんだクマが痛々しい。

「夕飯はどうする？」

「月内はセット食材が届きますから僕がつくります。ご希望の時間があったら教えてください」

「うん……そうね」

なかなか戸惑うが、この調子で甘えるわけにはいかない。

「さしあたり今日はお世話になります……って、ごめん、普通に話すね？　今日はお世話になるけど、色々教えてほしい。料理はわりとできると思う。買い物も普通にする。二人で暮らせって言われたんだけど、そっちの……慧って呼んでいい？」

「はい」

「慧はどう聞いてる？」

元々堅苦しいのは嫌いだし、美大の中で、そして外国留学中に形式張った堅苦しさは完全に吹き飛んだ。それでもバイト先では礼儀正しいと言われるが、いわゆるビジネス系のマナーではない。

「奥園さんと――」

「桂路でいいよ。兄貴とごっちゃになるし」

「桂路さんと一緒に暮らして、生活は話し合って、大きな部屋で絵を描けるよう、準備を調えるようにと言われています」

「……絵を？」

「はい。奥園さんが――麒一郎さんが、くれぐれも、そのようにと」

「そっか……、ありがとう」

兄は自分のことを彼によく話してくれているようだ。色々相談する必要はあるが、絵のことを一から説明せずに済むのは助かった。

ほっとしていると、慧が立ち上がった。

「一生懸命がんばりますので、よろしくお願いいたします」

「いや、いいっていいって、ほんとそういうの」

——彼はそんなことしませんし。

さしあたり死ぬつもりがないことに安堵した。兄の死についてもフォローされているようだ。

「じゃあ、夜に色々話そう。俺は一旦家に着替えとかを取りに行くから遅くなる。飯の準備を任せていいかな」

「かしこまりました」

……これも夜に相談しよう。

「あの」と椅子に腰掛けて慧が言った。

「なに？」

「僕のことを、どのように聞いていますか？」

「どのように？」

「僕の仕事のことです」

「……学校に行きながら、うちの会社で秘書見習い。で合ってる？」

今度は彼が戸惑うような表情をした。

「まあ、いいや。それも夜に話そう」

そう言ってホテルのような完璧な朝食に箸を戻したのだった。


「本当に貰っちゃっていいのかな」

うっかり零《こぼ》した独り言に、杉村が「いいと思います」と答えた。

バイトに出たら「ご愁傷様でした」と言って、社長が香典をくれた。受け取れないと言って断ろうとしたが、社長はいいと言って聞かない。実の兄が亡くなったのは本当だと念を押した上で、ずっと疎遠にしていて香典を貰っても御霊前に上げに行ける見込みは立たないこと、これで実家とおおむね縁が切れるだろうことも打ち明けた。

それでも「線香代くらいしか入ってないから。気持ちだけ」と言って桂路に渡してきた。あまり拒むのも申し訳ないから、礼を言って受け取った。杉村は隣でその様子を見ていた。

「社長、本当に奥園さんのこと気に入ってるから。よく働いてくれるし、仕事早いし、ホントに俺も、うちに就職してくれたらいいのにってマジで思ってる。社長も副業可でいいから正社員に――……」

と言いかけた杉村が自分を見ている――いや、自分の向こう――肩越しを見て固まっている。

桂路も釣られて振り返って——信じがたいものを見た。

この秋口の工事現場に、皺一つ無いスーツだ。黒髪を掻き分け、白手袋をしていないのが不思議なくらい、黒く磨いた靴を履いた——慧が立っていた。

驚く自分たちに、慧は丁寧に頭を下げた。歪《ゆが》めた顔で彼を見ている隣の作業員に「責任者のかたはどちらにいらっしゃいますか？」と尋ねた。たまたま現場監督がすぐ側にいたものだから、彼は作業員の視線に促されるように監督のところへ行くと、流れるような動きで名刺を差し出した。

「わたくしは保坂慧と申します。奥園さんにお世話になっていて」

「待って！　待って待って！」

慌てて二人の間に割って入った。実家のことは言っていない。もちろん兄の会社のこともだ。会社の名刺など出されては困る。

だが押しのけようとした彼の名刺には、名前しか入っておらず、もう一行ある文字は数字、スマホの番号だ。

「この方、どなた？　奥園くん」

「あ、えと。兄貴の知人で、この人と一緒に住むことになるかもしれません。新しいアパートが探せなくて」

考える間に零した単語は案外都合のいい本当だ。

「ああ、引っ越し先が決まらないとかいう。決まったの？」

「はい。なんとか」

昨日の夜、ほとんど詐欺同然で。今後も一緒に住み続けるかどうかはわからないが、とりあえず行き掛かり上、彼と話をして現状把握からという状況だ。

「それでわざわざ現場までご挨拶に？」

「はい。桂路さんのお役に立つようにと言われております」

何だそりゃ。兄の逝去で心が弱っている未来の社員の大学生、ってとこまでしか聞いてねえぞ。

監督は困惑した顔で彼を眺めてから、「暑いので日陰に行ってください。ここはヘルメット無しで近寄らないでください」と言った。通りすがりの一般人対応だ。

「奥園くん、休憩する？」

遠回しに、彼をなんとかしてこいと言っているようだが、その必要はない。

「ちょっとすみません。すぐに戻ります」

彼を木陰に連れていった。現場には不似合いなビジネススーツで、薄くてきれい系の黒い革の鞄を手に提げている。涼やかな格好だが、埃《ほこり》がもうもうと立つ取り壊し現場にいるとやたら暑そうだ。

「どうしたの？　何の用事？」

「緒川さんが落ち着くまでは、桂路さんの秘書を務めるようにと言われています」

「秘書いらないでしょ？　この格好、見える？」

ヘルメットに作業服だ。自分に必要なのは現場監督と工程表だった。

「でも、麒一郎さんにも言われていますし」

「わかった。まだ混乱しているな？　自宅に帰って待っておいてくれ。仕事が終わったらまっすぐそっちに行くから」

着替えを取りに帰りたかったが、先にコイツと話をしよう。

確かに緒川が葬儀の始末を終えるまでは、ひよこ未満の学生に仕事を教える暇などないし、兄も「長期的な意味で」桂路を頼むとでも言ったのだろう。でも今じゃない。悲しみで混乱した彼には理解できないのだ。

「わざわざありがとう。仕事があるからもう帰ってくれ」

「いえ。なるべく近くで桂路さんの仕事を覚えてお役に立つようにと」

「現場監督になるつもりなの？」

さすがに声に棘《とげ》が立った。

「もう今日は帰ってくれ。そしてここよりこっちに近寄らないで。慧が怪我《けが》をしたらうちの責任になるから」

彼を残して現場に戻る。監督にぺこりと頭を下げて、杉村の側に向かった。

なるほど普通の生活か。彼はホワイトカラーの生活しか知らないのだ。お坊ちゃんすぎて社会常識がわからないのかもしれない。

人のことは言えないけど、そういうことなら自分が選ばれた訳がわかった気がする。

金持ちの坊々《ぼんぼん》、お受験は幼稚園のときに済ませ、私立の高校に行って、二浪しながらバイトもせずに絵を描いて、旅行気分で留学して卒業。世間の厳しさを知ったのは卒業後だ。他山の石、反面教師、転ばぬ先の杖《つえ》。不安定の見本というならうってつけだ。

「いいんですか？　あの人放っておいて」

軍手を嵌《は》めて現場に戻った自分に杉村が言う。

「いい。葬儀のことでちょっと伝言があったみたいで」

「そうですか、それはわざわざ。休憩中は電話掛けていいですよ？」

チラリと振り返ると、彼はさっきと同じ位置に立ってこちらを見ている。

オフィス育ちには解体作業は珍しいだろう。皮肉に思いながら作業をしていたが、それからも彼はあそこを去らなかった。

昼の休憩に入る頃、同じ場所から優雅に頭を下げて、いなくなった。午後に講義が入っていると言っていた。

結局一度自宅に帰ってからまたあの家に行った。

泥まみれで帰ってもどうせ彼は学校だろうし、大家から会いたいと連絡が入っていた。取り壊しだから部屋の復帰はしなくてもいいが、一応最後の立ち会い前に室内を見ておきたいと言う。お年寄りの江戸っ子で、人のいい大家は桂路の引っ越し先を心配してくれていた。行く先は決まったと言わざるを得なかった。貧乏暮らしを支えてくれた人たちに、これ以上心配をかけられない。

荷物はほとんどまとめてある。兄の葬儀でバタバタしたが、会社のトラックを借りれば終わりだ。引っ越し先が決まったら、美大時代の友人に引っ越しを手伝ってもらう話はつけている。だがあの家では無理か――。遊び半分で持ち主を探られたらやっかいだ。

最悪机を捨てれば他はなんとかなるな、と思いながら着替えを持って新居に向かう。

夕暮れの中、駅から歩きながら慧の家を眺めた。

昨日は夜でよくわからなかったが、こざっぱりした印象の、小ぶりな洋館だ。家の横と裏に庭がある。モッコウバラのアーチがある。中古のようだが中はリフォームされていてきれいだった。インテリアは英国アンティーク風の趣味。コンパクトだが窮屈さは感じさせない効率的ないい家で、新卒の男の子が住むにはちょっと贅沢《ぜいたく》で賢い――と言いたいがそれは上物《うわもの》の話だ。会社から三駅離れた高級住宅街で、歩いて数分で電車に乗れる。地価がヤバイ。期待の表れだとしても破格だ。愛人レベルの超出資だった。

まさか、と思いつつ家に入る。バイト先で家の素材の勉強もさせてもらった。改めて見るとかなり高そうなドアだ。ドアを開けると本当に執事のように、スーツ姿の彼が立っている。今日は会社には行かないはずだ。ため息が零れた。

「……話そっか」

どうするにしても情報交換は不可避だ。兄の会社の新人と同居させてもらうにしたって、あまりに奇妙で情報がなさ過ぎる。

お茶を淹《い》れてもらった。詳しい話は簡単だった。

彼はソファの向かいに座って、要領よく身の上を打ち明けた。

養育環境に恵まれなかった慧は、兄が身元引受人になって、兄の出資で高校を出たそうだ。天涯孤独ではなく社内に親戚がいるらしい。親も多分生きている。そして兄の愛人ではなかった。よかった。

「搾取だろ」

だからといってまだ大学生なのに、兄の会社で働くことはない。もし学校に行かせてやる代わりにうちで働けと言うならそれは搾取だ。

「いえ、ちゃんとお給料をいただいています。アルバイトというと語弊がありますが、来年度、入社させていただける方向で、修業中です」

「内定アルバイトか」

そうなると、羨む人間のほうが多いのか。

慧は面接のように緊張した面持ちで、考えながらゆっくり喋る。

「あなたが……桂路さんは絵を描かれるので、僕はできる限りのことで、そのお役に立つようにと、麒一郎さんからくれぐれも」

「事情はわかったけど、もう現場には来ないで。自分が場違いなのはわかっただろう？」

「しかし」

事情は普通だが、彼の中には世間と大きなズレがあるらしい。

「わかった。じゃあ、しばらくこの家でお世話になります」

彼の言うところによると、この家は奥園のものだが、向こう三十年間、彼に貸し与えられているということだ。家賃も無し、兄が亡くなっても条件の変更は許さないと、死ぬ前に兄が一筆入れたらしい。その代わり自分と住んでみる、というのが条件なのだそうだ。そして桂路の画業に対して、空いた時間で助力するという。

兄の気持ちはありがたかった。そこまで兄が心配しなければならないほど、不確かな生き方しかしてこなかった。

だがまだ学生で、兄に借りがある弱い立場の彼に、自分の面倒を強いてはならない。本当は「兄が過保護なだけだ。俺は関係ない」と言って出て行ってやりたいところだが実際家がない。昨日貰った三十万円で引っ越すことはできるが、許されるなら物件を比べる余裕があると後々よかったと思うだろう。

できるだけ早く出ていくつもりだが、一旦お世話になれたらありがたい。そう打ち明けると慧はほっとした顔で快諾してくれた。

大学生らしい表情に戻った彼をしみじみ眺めていたら、心からそのまま言葉が漏れた。

「ずいぶん、兄貴を慕ってくれてるみたいだった」

家族よりも家族らしい。実感がなくてぼんやりしているしかない自分よりも、よほど近しかったと思う。

彼は切なそうに、だが微笑《ほほえ》みを浮かべた。

「はい、とても」

彼はそれだけしか語らなかったが、十分だと桂路は思った。


結局引っ越しは自分ひとりで行った。

大きなものは捨てたし、荷物は多いがほとんど服と絵の具だ。大学時代の友人の手伝いは断った。アーティストは誰だってコネが欲しいが、残念ながらその期待には応えられない。

部屋のものを段ボール箱に詰めて運ぶに終始した。部屋の中ではごちゃごちゃだった絵描きの道具も、箱に詰めてみると案外持ち運べるものだ。

もう一度軽トラに荷物を積んで、慧《さとし》の家に帰った桂路《けいじ》は、玄関を覗《のぞ》いて声を上げた。

「いいっていいいって、自分でやるから」

玄関先に積んでおいた段ボールを、慧が奥に運ぼうとしている。

「絵の具とか雑にツッコんで来たから汚れるかもしれない。置いといて。急ぎじゃないし」

「いいえ。桂路さんのお住まいのアパートが、取り壊しと伺っています」

慧は、トラックに同乗して手伝うと言ったのだが、いらないと断った。行きがかり上同居人だが、彼に引っ越しを手伝わせる道理がない。

「取り壊しは週末だし」

「契約書とスケジュールの写しには、そうは書いておりませんでした」

怪訝《けげん》な、どこか緒川《おがわ》に似た表情だ。その緒川が言うには、彼には自分がサインした契約書の写しの、彼との生活に関わる一部分を渡しているそうだ。

「そういうの個人情報の漏洩《ろうえい》じゃないの」

「必要最低限、把握しておくべき情報です。僕がどう行動するかの指標になります。契約書には、アパートの契約満了日にかかわらず、ここに最短で越して来ることと、引っ越しの采配と費用は緒川さんから預かった資金からお出しするようにと申し付けられております」

実のところ、出発前に揉《も》めたのだった。引っ越し資金は兄が残した「預かり金」から出すのだそうだ。

そんなものはいらない。会社の軽トラを借りられることになったからそれで済むというのに、彼はやたら引っ越し業者の利用にこだわる。それが駄目なら自分がやるというから断った、というか、説き伏せても頑《かたく》なに言い張るから、ほとんど逃げるようにして飛び出した。

「解釈は間違っていないと、緒川さんに確認しました」

「電話したの？」

「はい。わからないことは訊《き》くようにと言われております」

万事この調子だ。徹底的に融通が利かず、彼を説き伏せられるのは緒川の判断と契約書だけのようだった。力ないため息をついた。

「契約書、よく見てなかったんだよ」

「麒一郎《きいちろう》さんに、叱《しか》られますよ？」

「だって兄貴を信じてたし、俺から取り上げるモノなんて一つもないし、もし一円たりとも金を貰えなくたって、俺は本当はそれでいいと思ってた。ま、いきなり引っかかったわけだけど」

ままならない。胸の底でそう呻《うめ》きながら苦い顔で首をかしげると、慧も悲愴《ひそう》な顔をした。

「麒一郎さんの遺言で、あなたのお世話をするようにと言われています。お願いです。お世話をさせてください」

「お世話と言っても、することないでしょ。恩返しならお気持ちだけで十分だ。置いてもらえるだけで本当にありがたいから」

せん」

「恩返しじゃないです。だって、もう麒一郎さんは亡くなってしまったので、返せる人はいま

そう言って声を詰まらせる。弁当の代金と思って彼を見守ってくれと兄は言ったけれど早まったか。

「荷物、運びます。早く越していただくことが命題でもありますので」

「じゃあ……お言葉に甘えてお願いするよ」

引っ越しでそんなことを言われたのは初めてだ。

慧はさっさと段ボールを抱えた。少し勝ち誇った表情がかわいい……と思うあたりが業が深い。

「先ほどのお部屋です。荷物は全部、そこに運んで大丈夫でしょうか」

「ああ。お願いします」

彼について段ボール箱を抱えて廊下を歩くと、奥の部屋が明るくなっていた。カーテンが開け放たれているようだ。

両開きのドアの、片方が開かれている。先ほど薄暗い部屋を覗いて広いな、と思った。だが、こうしてみると想像以上だ。

白が基調の家具のない部屋。たった一つだけ薔薇色《ばらいろ》の、一人がけのソファがあり、角部屋だから二面に大きな窓がある。ひとつは大きなガラスの扉で、裏庭に出られるようになっている。

探したようなアトリエ仕様だ。

「前の方が、サンルームにしていたとのことです」

家の裏側にある一室だ。しゃれた板張りで、明るく、そしてとても広い。二十畳くらいはあるだろうか。

「本当にいいの？　ここを使って。汚れないようにはするけど、臭いがつくと思う」

「ええ。麒一郎さんが生前、桂路さんのためにここがいいねと仰《おっしゃ》いました」

「でも今の家主は慧だよ？」

「広くて眩《まぶ》しいので、元々僕は使っていませんでした。それでは、お茶を淹《い》れますので、重たいものがあったら呼んでください」

戸口に立っていた慧は、ドアを閉めて出ていった。

ため息が零《こぼ》れた。

「……いやあ、本当に揺らぐな……」

兄が残したものとはいえ実質他人の家だ。遠慮してなるべく早く出て行きたいが、あまりに環境がいい。正直アトリエとしては絶好だ。

打算に流されるのを感じながら、早速箱の中身を開封した。

絵の具、溶き油の瓶、パレット。壁際には木枠とロールキャンバス、畳んだイーゼルが置かれている。油絵の道具には他にキャンバス張り器、釘《くぎ》、釘抜き、木槌《きづち》、金槌と、ちょっとした大工道具だ。ペインティングナイフ、そしてモニター、パソコンと、机の大半を占めてしまうくらいのサイズの液晶タブレット。自分自身はバッグひとつなのに、画材道具が大変だ。パソコン一式は自室兼寝室として与えられた部屋に設置したほうがいいだろう。

床に、汚れ防止の防水カーペットを敷く。その上に画材を整理して、イーゼルを立てた。

間で慧と夕飯の打ち合わせをして、準備を始めるまで自分は一人で片付けをすることにした。たまたま描きかけの絵が少なくて助かった。前の部屋は棚を使わなければ描きかけのキャンバスを置くところがなかった。

筆洗い器などの小物を出して一息つくことにした。同じ箱の中から、保護バッグに入れていた小さなキャンバスを取り出す。

クリアファイルくらいの大きさ、いわゆる海景型6号キャンバスだ。浪人中に描いた絵で、森の中の絵だった。

木立は黒い。実際近くで見れば森林の木らしい深い茶色なのだろうが、向こうが明るければ明るいほど木は黒いのだ。雪の割れ目の水が黒いように、雪原の木立が影に見えるように、比較物の明度が高いほど、木は黒い。

油彩は平面で見ない。熱く重ねた絵の具をナイフの跡が刻むさまを「盛る」と言うが、顔料を乾性油や蜜蠟《みつろう》などの助剤で練った絵の具は、角度によって微妙に光る。それがたまたま木の皮の繊維や、微《かす》かな木漏れ日にも見えて、景色ではなく、そのときの眼球が捉えた光を、まざまざと思い出させる一枚となった。

ナルシストと言われるかもしれないが、時々自分でとても気に入った絵が描けることがある。拙い部分はあるのだが、自分が『見たもの』そのままを写せたと思う絵だ。

これもその一枚だった。部分的に削って手直しをしたいが、今はとりあえずこのままにしておく。

壁に絵を飾っていいと許可を貰《もら》っている。小さな釘を打ってその絵をかけた。目の高さで絵を眺めて片付けは一旦終了だ。

改めて部屋を見回す。セッティングをしても広い。窓の向こうの緑がとてもいい。ちょっと実家に似てるな、と思いつつデジタルの置き時計を見ると夕食の用意にはまだ少し早い時間だった。

絵の正面にあるソファに腰を下ろし、財布などと一緒に持って回っている革の手帳を開く。次のページも、変わらず丸っぽい字で、しかし、今度はぎっしりと字が書いてあった。


僕が二十九歳の時だ。留学から帰って、社員としてはまだ新米の頃でね。

社員が、親戚の子どもを引き取ることになったって困ってた。元の家で虐待に遭ってて、でも社員も引き取りたくないんだって。彼には子どもがいて、受験生で、会ったこともない虐待児童なんて絶対引き取りたくないそうだ。うちの子どもに何かされたら困るって。兄弟と勘違いされたら困るって。こう書くと誰かわかっちゃうかな。僕はそれを父の隣で聞いていた。

役員に保坂《ほさか》という名字があった。バッグの中を整理していて葬式で貰った折りたたみのパンフレットを眺めたとき、慧と同じ名字だなと目に留まった。文字は数ページ続いている。


なんでそんな話になったかっていうと、会社に児童相談所がやって来たんだ。また会いにくるって言ってて、その社員がそんな体裁の悪いことはやめてくれって怒鳴ってた。オタクで引き取ってくれ、施設に入れればいいだろう！　うちは関係ない、そいつはもう十五年も会っていない、ずっと疎遠にしていた兄の子だ、って言っててね。それって甥《おい》なんじゃ？　って僕は思ったわけ。

衝撃だったんだよ。行くところがないんだって。お受験で苦しむ子は周りにたくさんいたけど、お風呂に入れない子とか、ご飯が食べられない子が本当に日本にいるだなんて、思わなかった。窓がない部屋にオモチャみたいに詰め込んでたって。

正直、その社員は僕の中では評価が低い。部下に怒鳴るってことは家族にも怒鳴るってことだ。

僕は、うちで引き取ろうと父に言った。部屋はたくさん空いていた。うちの場合養子を取るのは難しいけど、なんとか身柄を引き取れないかって。

僕が責任を持って世話をしますから、悪い家から出して、その子どもを育てさせてください、って頭を下げた。

世話って何だよ。犬かよ。とまあ、そんなわけでうちに来たってわけ。

兄が二十九歳——ということは俺は、十二歳か。自分が子どもの純粋さを振りかざしてイキリ倒していた頃、兄はこんな修羅場に直面していたのだ。

ちなみに彼の養育費は、つつがなく僕が支払った。大学は奨学金。僕が出すと言ったのに、さっさと手続きしてきちゃったんだ。真面目すぎるよね。どうしてこうなっちゃったんだろう。

一通り、法的に彼を守る手続きをした。今は戸籍は独立してるけど、名字や本籍は昔のままだ。まあ、それを利用して最近向こうがすり寄ってきてるという報告を緒川から受けている。

手続きは、全部緒川がやったから、ご不明な点は緒川にお尋ねください。以上。

「以上」

思わず復唱した。さしあたり愛人疑惑はなくなった。だが代わりに大変なことを聞いてしまった気がする。

うちの両親は、有り体に言えば厳格な父とヒステリックな母だ。お受験をし、東京で指折りの大学に入り、留学して英語を身につけ、ＭＢＡを取って、在学中から父の側について経営を学び、政財界と顔を繋《つな》ぐ。

兄はそれをにこにこしながらナチュラルにこなすような人で、昔は、他人に押しつけられたレールを愚直に辿《たど》る自分の意志のない、従うことに屈辱を覚えない情けない男だと思っていた。桂路が美大を選び、家を飛び出したのにもそこに一因がある。「俺は兄貴のようにはならない、親の道具になって楽に生きたりしない」と実際何度も口にした。だが社会に出た今となってはわかる。「芸能人はお金があるからきれいにしていられる」と叔母が言っていたが、金を握っているだけではきれいになれない。金を使って、あるいは金では手に入らない苦労や努力をして、彼らはその地位にふさわしいよう美しく在る。

のほほんと何の苦労もしていない坊ちゃん風味で育ったと思った兄は、けっこう激しい選択をしたようだ。まあ覚悟はともあれ、選択が坊ちゃんだったが、それこそ金のある者の覚悟だ。未婚で子どもを引き取るなど、決断の方向がヤバい。

「見守るって、言ったってなあ……」

一体自分に何ができるというのだ。慧は学生で自分は社会人だが、緒川が育てていると言うなら自分よりはよほどしっかりしている。

自分にできそうなことと言えば自宅警備くらいか……？

手帳を仕舞い、内容を反芻《はんすう》しながらキッチンに向かうと、慧は届いた夕飯の素材を調理台の上に並べていた。月末までは食材セットで夕食をつくることになっているそうだ。

「十八時にはできあがりますので、お待ちいただけますか？」

「一緒につくるって。それか俺が担当してもいいんだけどって言っただろ？」

自炊はできるし、彼には大学と緒川から与えられた宿題がかなりあるようだ。月内は食費もいらないと緒川から言われているが、まったく居候というのも居心地が悪い。

「いいえ。麒一郎さんから桂路さんのお世話をするよう、承っております」

しかも融通が利かないというか、こう見えてまったく頑固なのだった。

「そのへんはもういいんじゃないかな。助けてほしいときはお願いするけど、全部お世話になりっぱなしというのも居心地が悪いよ。緒川さんがやれって言ったとしても、監視カメラがついているわけじゃないんだし、慧がちゃんとやってるって言えばそれで済むと思うけど？」

「麒一郎さんに嘘《うそ》をつくつもりはありません」

「いや、そういうつもりじゃないんだけどね？」

賢そうに見えるが案外話が通じにくいようだ。

「じゃあ、お言葉に甘えて、今日はお願いします。配膳は手伝うから、少ししたらまた覗きに来るね？」

「かしこまりました」

なんというか。

馴《な》れ合う気がないのか、もしかして嫌われているのか。

友人候補なら、いいっていいってと食材を取り上げるところだが、直前に読んだ手帳のデータからすると、雑に踏み込んでいい感じの生い立ちではない。

一時撤退するしかない。

遠くから無理のない力で近づくのもまた人付き合いのテクニックだと、一応客商売の桂路は理解している。


兄の葬式から一週間。

手帳の遺言の目的が少し見えてきた。

普通の暮らしを教えてやってほしい。

健康的に起き、ほぼ自炊で三食を食べ、学校のあとは（本来ならば会社にアルバイトに行くが、今はないので代わりに）桂路の側《そば》で秘書のまねごとをする。六時になったら夕飯キットで食事を作り、宿題と課題をこなし、毎日風呂に入って日付が変わる前に就寝。羨ましくなるような「普通の模範」的な生活だ。ただ彼の場合細部がおかしい。

同居人となったけれど、まったく秘書と暮らしているようだった。慧が寝ている姿を見たことがないし、自由時間は姿勢正しく勉強している。風呂もいつの間にか入っているし、就寝の挨拶をしたら部屋で眠って次に会うのは朝だ。

テレビも見ない。ゲームもしない。言うなれば「秘書として模範的な普通の生活」を送っている。大学生と暮らしている雰囲気はまったくない。秘書見習いを自宅に住まわせている、という感覚が一番近いだろうか。

理由はすぐに察せられた。

慧は料理ができない。

毎日彼が美味《おい》しい朝食と夕食をつくっているので、そう言うと語弊があるように思われるかもしれないが、多分これは全体的に的を射た結論だ。

ミールキットが届き、几帳面《きちょうめん》に決められた分量を、決められたタイミングで入れ、半分と言われれば全量を計量して二で割り、決められた時間正しく加熱する。味見はしない。見本の写真の通りに盛りつける。

気がついたのは鶏《とり》の照り焼きのセットのときだった。キットの鶏肉の形がアンバランスだったのだろう、規定の時間焼いたが焼き目がつかず、中も火が通っていないようだった。

生焼けだと言っても彼は焼き足そうとしない。あるいは他の料理で目の前のオーブンの中で食材が焦げても止めようとしない。なぜなら規定の時間ではないからだ。

臨機応変が難しいらしい。料理も、生活も、生き方そのものさえも。

なんとなく理解した。兄が言う「普通の生活」とはつまり雑味だ。もっと乱暴に言えば適当さ、だらしなさ——いや、それは卑下しすぎか、融通というか、人間味というか、アソビというか。

とにかくそれのみで構成されているような自分を、慧にその「普通の生活」を教える役に割り当てたのは正解だ。今ある彼のほとんどが、1センチを10ミリと呼びそうな緒川成分でできている。

普通、緒川に教育されれば人間の一面が秘書として磨かれて行くのだろうが、慧は思いきり緒川に寄ってしまって、秘書としての生き方のみで成り立っている。慧が慧である、いわばプライベートがないのだ。

そんなことがあるだろうかと考えるが、慧は実際そうしているのだ。

秘書としての正しいあり方に沿って過ごす。レシピの通りにしかつくらない。調理器具や気温、その他条件による多少の誤差を、経験や状況で修正しようとしない。なぜなら彼にはその能力がない。

いやいやあの歳《とし》でそんなことがあるだろうか、と考えて桂路は天井を仰いだ。「虐待児童」——自分たちが言う普通は当てはまらないかもしれない。

わかっていても、どこから踏み込んでいいのかわからない。

とりあえず、見かけは普通の青年だ。骨細だから高校生くらいに見える。それにどうやって「らしさ」を教えるか。いや教えるのは大学生らしさではなく「彼」らしさか。

そうなるとますます答えがわからない。「彼」が何なのか、どんな形なのか、それとも空っぽなのかわからない。

まずそこから探らなければならない。すぐには把握できそうになく、だが桂路は桂路の生活を続けなければならない。

さしあたりアルバイトと画業だった。絵は主に夜に描いていて、アルバイトがある日は、朝は現場に八時前には入るので、七時十五分には家を出る。

今日は違う監督が率いる現場だった。最近、自分は十分な戦力と見なされていて、杉村《すぎむら》とペアで助っ人のように軽やかにどこにでも送り出される。

今日も現場に慧は来ていた。緒川に相談したらしく、三回目からマイヘルメットを持参しはじめた。努力の方向があさってだ。

ついてくるなと言ったけれど「麒一郎さんの命令なので」と言い張って聞かない。迷惑だと言っても、必ず安全な場所にいるからと言って、どこで仕入れてきたかわからない工事現場の安全のしおりを読んでいた。困ったが、離れた場所から桂路の仕事を見ているだけだ。緒川は来週、月初までには通常業務に復帰すると言っていたし、それまでの辛抱だ。

今日は初めての現場だった。現場監督も違う。知らないふりをしていようと思ったが、慧が木陰を出て人に話しかけようとしているのが見えた。

「ご担当者様はどなたでしょうか」

会社の営業のようなことを尋ねているので、仕方なく止めた。

「えっ――？　奥園《おくぞの》くんの秘書⁉」

同居人と言うか秘書と言うか悩んだが、秘書のほうが後々の傷が浅そうだから、現場監督には慧のことをそう伝えた。

その昼休み、現場に秘書を連れてきたとして、現場が大ウケだったのは言うまでもない。

現場に来るのはやめてもらった。「あなたが見える場所にいるだけなので関係ない」と慧はもっともらしい詭弁《きべん》を述べてみせたが、気が散ると事故に繋がるというと不服そうに黙った。

工事現場はともかく、慧をどこかに連れ出して、日常の経験をさせたほうがいいのは明白だ。日曜日の朝も慧はいつも通りの朝食をつくる（たぶんつくらない場合どうしていいかわからないのだ）。

「へえ、出席票なんてあるの。俺たちはそんなのなかったな、っていうか割とみんなナチュラルに学校に来なかったから」

探るように大学のことなどの話題を振りながら、カウンターに皿を並べる。皿はすべて三組だった。割ったことがないのか一つも欠けていない。

「あのさ、会社にいるときの緒川さんっていつもあんな風なの？　厳しくない？　マック食べそうな感じじゃないよね？」

なるべく慧の日常を知りたいと思って、彼が答えやすそうな話を持ち出した。

「どうでしょう。私がいるときはだいたい社食で、他の時間に彼が食事をするのを見たことがありません」

答えて慧は冷蔵庫を開けた。一瞬固まる。多分卵のパックがビニールに入っていたからだ。昨日買い物に行ったとき、なぜかレジで卵のパックをビニール袋に入れられた。買い物を仕分けるときに、面倒だったので袋入りのまま突っ込んだのだった。

彼は戸惑ったような顔で、卵のパックをビニール袋ごと摑《つか》みだした。

あっ、という彼の顔を見た。ビニール袋の底が裂けた。次の瞬間には卵パックは床にダイブだ。がしゃっと、パッケージ以外の何かが潰れる音がした。

「うわ。ごめん。俺が面倒くさがったせいで」

桂路はカウンターを回り込んだ。慧より先に卵のパックに手を伸ばす。パックの隙間に歪《ゆが》んだ黄色が見える。

「いえ、僕の不注意でした。ぞうきん、いりますか？」

「大丈夫、パックの中に収まってる。漏れてない、セーフだ。中身確かめるね」

透明パックのジップを開けて、シンクの下からガラスのボウルを取り出す。割れた卵の中身をその中に落としてゆく。

「六個割れてる。オムレツか卵焼きだな。つくれる？　俺がつくろうか？　どっちがいい？」

「困ります。あの、割れていないもので目玉焼きを」

「割れたのが勿体《もったい》ないだろ？　それほどめちゃくちゃじゃないよ。とりあえず殻の中に収まってる。俺丸いフライパンで卵焼きつくれるから。お詫《わ》びと言っては何だけど」

「困ります」

「卵焼き嫌い？　オムレツでもいいよ。フランス留学中に、隣の部屋のおばあさんに習ったんだ」

「困ります、本当に」

「オムレツも無理？」

目玉焼きが食べられるのだから卵アレルギーじゃないよなと思うし、二日前、デミグラスソースにオムレツを落とす夕食も食べた。

「教えてもらったとおりになりません。先に野菜を盛りつけて、前にキュウリの薄切りを置いてから、トマトとかコーンを置くので」

「それ、重要？」

「はい」

慧はうろたえた顔をして、両手に顔を埋《うず》めた。

「教えてもらったのと、同じになりません。無理です——」

肩で大きく息をしてそう言うので、なるほど、と思いつつ、ソファに連れていった。

「朝飯、俺につくらせて。オムレツつくるの、上手《うま》いよ？」

「でも」

「俺が飯をつくりたいんだ。秘書としてそこで俺のやりたいこと、覚えてくれるかな」

「……はい」

言い方を変えると、彼は素直に――少しほっとしたように頷《うなず》いた。

なるほど、これは根深いかもしれない、と問題の在処《ありか》を改めて実感した。

一見理想の生活の中に、得体の知れない、だが明らかに大きな問題が横たわっている。

オムレツの朝食などあっという間にできる。目玉焼きが載るかオムレツが載るかの違いで、桂路にとってはほとんど差がないように思うのだが「同じではない」と言う意味なら、名前からして別物だ。

テーブルに皿を並べたあとは、何事もなかったかのような朝食だった。様子を見ながら尋ねようと思っていたが、今訊《き》いたほうがいい気がしたので慧に兄との関係を尋ねた。慧は簡単に「恩人です」と言った。

「僕は、虐待の家庭で育ちました。小学校とかは普通に行っていましたが、父親が暴力を振るう人で、母親もそうでした。小学校三年生のときに、夜に母親にアイロンで殴られて、外に逃げ出したときに倒れて近所の人が救急車を呼んでくれたんです。それからしばらく家に帰らないほうがいいと言われて、施設にいました」

「信じがたい……」

子どもに暴力を振るう親がいることは知っていたし、ドキュメントを見たこともあるが、実際目の前にその被害者がいて、他人事《ひとごと》のように淡々と身の上を話す。

殴るというのか、小学校三年生の男の子を？　本当の親が？　慧を――？

「麒一郎さんもそう言ってくれました。何というか、僕が言うのは変なんですが、麒一郎さんが殴られなくてよかった」

言葉が出ない。哀れみでも妬みでもなく、彼が大好きな兄が、こっちの世界に住んでいなくてよかったと、平然と慧は言うのだ。

「もっと喋《しゃべ》っていいですか？」

「ああ。頼む」

教えてもらわなければ、どれほど推測しても何も見えないだろう。それほど彼の過去は桂路の常識とかけ離れている。

「僕の、前の名前は『あああ』って言います」

「あああ……？」

「はい。親がつけた名前です。考えるのが面倒くさかったからって。役所の人がやめろと言ってうるさかったそうです。だから僕はあっちゃんと呼ばれて育ちました」

「今の名前は？」

「麒一郎さんが、法的な手続きをして改名してくれました。元々の名前は、親の悪意が明白な、育児放棄の一環だと主張して認められました。だから法的に本名です」

「ナイス、兄貴」

　慧という名を見て、彼に似合うなと思った。賢そうで、スマートだ。黒い瞳によく似合う、世界を遠くまで見通せそうな名前だった。

「親権を放棄した両親以外に、親類が会社にいます」

「聞いた」

「その方が僕の身柄の引き取りを拒んだので、麒一郎さんが名乗り出てくれました。だからこの家だとか、ごはんをくれたのは麒一郎さんです。僕はあまり学校に行っていなかったので勉強がよくわからなくて、家庭教師が来てくれました。高校は通信制、行儀は靴の脱ぎ方から、緒川さんが教えてくれました」

「激しく把握した」

　慧には普通が一つもないのだ。勉学と行儀は幼い頃を取り戻すくらい与えられたのだろうが、普通の学生生活とか、レジャーとか、学祭とか遠足とか運動会、ゲームとか、トレーディングカードとかなんとかごっことか、季節とか夏休みとか日常とか当たり前の団らんを、与えられる人がいなかった。

「麒一郎さんは、赤の他人の僕に、将来一人で生きていけるようにと、とてもよく教育してくれたんです」

「わかった。兄貴、がんばったんだな」

「はい」

兄がわからないなりにどれだけ心を砕いたか察するにあまりあるし、慧の兄への感謝は、あの葬式の日に見て取れた。

「麒一郎さんは、あなたをよろしくと言いました。だからあなたのお世話をして、一生過ごします」

「いやいやそれは駄目でしょ。恩があるのは俺じゃなくて、兄貴なんだから」

「でも」

「待って。喋らせて。多分、兄貴は浮世を波乗りしてる系の俺と暮らすことで、慧にゆるゆるの日常を学ばせようとしてると思うんだ。なんて言うか、今の生活って、メイド喫茶とか執事カフェみたい」

「会社のようでしょうか。くつろげませんか？　申し訳ありません、善処します」

「いや、そういうところ。あのさ、大学行ってるんだよね？」

「はい。三年生でほとんど単位を取り終わったので、卒論と、あとはだいたい会社のほうで修業をしていました」

「うん。立派だと思う。でもプライベートはもっと友だちとか、ゼミとか部活とかあるよ――」

言いかけたとき、慧が珍しくぬるい笑いを浮かべて桂路の言葉を遮った。

「ああ、孤立しているので大丈夫です」

「大丈夫じゃねえだろ」

あまりにも晴れやかに言うものだから、即座にツッコミを入れた。

「遊びに行ったり、ライブとか行くだろう？　緒川さんだってそれを禁止するほど頭は固くないはずだ」

「行きません」

「孤立って、友だちもいないってこと？　バンドとかアイドルとか知らないとか、共通の話題がない？　乃木坂《のぎざか》46の名前、一人も言えないとか？」

「存じております。乃木坂46は日本のアイドルグループで、現在のメンバーは40人。2011年から活動を開始して、五期生――」

「いや、データじゃなくて」

スマートホームのデバイスのような返事がほしいわけではない。これは重症だと思いつつも、何かひとつくらい共通の話題を見つけてやろうと意地になった。

「好きなアーティストは？　俺、音楽の好みの幅結構広いから。クラシックから、メタルとかインディーズまで」

「麒一郎さんは、中森明菜《なかもりあきな》さんが好きでした。社外秘ですが」

「わあ」

下らなすぎるトップシークレットだ。

息を吐ききっても言葉が見つからない。ぐっと桂路は手を握りしめて顔を上げた。

「──わかった。遊ぼう！　おじさんと遊ぼう！」

「桂路さんは、おじさんという歳ではありません」

「そうだよ、年齢的には四つ年上だ。でも三十歳が見えてきたし、心はもうおじさんなんだよ！」

認めたくないがもう制服の高校生を見る目が生ぬるくなってしまった。世知辛い世に揉まれて電車で見かけるスクールバッグが霞《かす》んで見える。

「でも遊びかたはよく知ってる。付き合ってくれる？」

慧は黒い子犬のような瞳で、困惑と微かな哀れみを込めて──でも目玉焼きでなければと言ったときより、あまりにも簡単に頷いた。

「わかりました。あなたが楽しいならそれで」

多分、心の中でそれが兄の命令ならば、と呟《つぶや》いているはずだ。

昼間、ネットの個人取引サイトから請けていたイラストをデジタルで一点描いて送信した。

夜はミールキットが届いて何事もなくそれをつくって食べた。おかげで最近妙に健康的な食生活だ。菓子パンとカップラーメンが恋しい。

そして夜、俯《うつむ》いた花の形の間接照明の下、自室であの手帳を開いた。

やわらかい卵色の照明に照らされて、濃淡のある万年筆の文字が転がる。

「手の込んだことしやがって」

頭の一文を読んで思わず唸《うな》る。


彼とうまく暮らせているだろうか。僕もそこに交じりたかったな。

そこで親愛なる弟よ。君にひとつ頼みがある。

僕は彼に何かをねだられたことがない。与えるもの全部を嬉《うれ》しがってね、彼からの希望を聞き出せたことがないんだ。

彼の我《わ》が儘《まま》を聞いてやってほしい。金が必要なら緒川に言ってくれ。世界一周程度の資金なら経費としてプールしてある。


「……金持ちめが」

毒づいたが、少しずつわかってきた。兄は、慧の願いを叶《かな》えてやりたかったが、生まれたばかりの雛《ひな》のように、見たものを懸命にマネするばかりの彼からそれを聞き出せなかった。

俺は遺志を継いだ者となった。正当に慧の意向を聞き出す使命を得たというわけだ。

とはいえその使命は大仰に語りはじめるほどのことでもない。

翌朝、朝食の席で切り出した。慧には「桂路は午前七時に朝食を食べるもの」とインプットされているらしいので、土日でも朝食の時間が変わることがない。人生最高に健康かもしれない。だから雑談も明るい。

「最近、何か、興味あることある？」

「……株価？」

「投資家目指してるの？」

もしかして兄は自分の経済力を心配して、ＦＰとして慧を側に送り込む目論見があったのだろうか。

彼のためとか言いつつ、実際のところいつまでも学生みたいにバイトで飯を食っている自分のために、経済学に優れた慧と一緒に住まわせて、金銭感覚のあれこれを叩《たた》き込もうという兄の陰謀か。緒川の手先なら間違いないだろう。いかにもやさしくクレバーな兄のやりそうなことだ。

兄が本当にあの世からでも干渉しようとしている人物が、俺か、慧か、見極めなければならない。

慧は涼しい顔だ。ふと、ポーカーというイメージが脳裏にひらめく。表情筋が少なめな彼は、基本的にカードゲームに強いだろう。

「いいえ。麒一郎さんにいただいたお金を、よくよく運用して、それと、僕にかかった育成のためのお金を、できるだけ近い将来、ご家族にお返ししようという夢があります」

貯蓄が夢とか、証券マンの営業か。

「他には？」

「特に。もう十分です」

「何が十分なの。まだ二十……」

「もうすぐ二二です」

「二十二で十分とか、あるわけ？」

「はい。屋根とごはんがあって、職があります。卒業後に今の会社に就職させていただくことを、聞いていますか？」

「ああ」

緒川が手塩に掛けて早期育成してきた期待の新人だ。うちの会社にパーソナライズされた特殊教育だ、いわば兄貴のオーダーで仕上がったオートクチュールだ。

「アイツのせいか」

「アイツ？」

「緒川さんだ。お前を遊ばせなかったんだな？　アイツのやりそうなことだ」

「いいえ。彼は遊べと言いました。二十万円現金が入った財布を渡されました。遊びを知らなければ秘書は務まらないと言って」

「それはそれで教育上悪い。それで？　何をして遊んだんだ？」

「遊べませんでした。行くところがわからなかったので。財布をそのまま返したら反省レポートを書かされました」

緒川も緒川だが、慧も慧だ。不毛で熱い闘いが繰り広げられたようだった。

「ゲームは？」

「時間が勿体ないです。シナリオは魅力的かもしれませんがゲームに習熟するための時間が惜しいです」

「映画」

「たいがいの作品は社の資料室に。外国のものも配信で」

「映画館の大音響で観ようよ」

「実習室の環境もかなりなものです。椅子は持ち込めばいいですし」

「バーとか。もう二十歳過ぎてるんだから酒は飲めるだろう？」

「成人してからワインのテイスティングの訓練をしておりますので、舌が混乱すると困ります」

「買い物。服とか」

「必要がありません。スーツは渉外が社に出入りしておりますし、普段着はカタログから」

「それも？」

ぱっと見、ただの無地のロングTシャツに見えるが、身体に優しく沿う布地は生成りの綿だ。素材にこだわりまくったTシャツは、桂路の絵の具の汚れが付いたTシャツの何倍するのだろう。

「はい」

「そっか……出直してくるわ」

「はい……？」

「何でもない。こっちのこと」

強敵です、兄貴。

合理的という単語が脳裏に浮かぶが、一般的に合理性というのは有益なものと無益なもの、雑然とした海の中から、有効なものだけを選択して保有することだ。だが慧の場合、初めから一番効率のいい必要なものだけ、必要な分量与えられているから無駄がない。

暮らしというパッケージみたいだ。ミールキットみたいだ。理想と完成品がすぐに手に入る。やはり彼には雑味がないのだ。

この完璧な選択の中に雑味を入れること。大学で誰かがいろんな種類の金属をカットしたものを組み合わせて球をつくっていた。たぶん慧の今の心はそういう感じだ。無駄のない硬い素材できっちり構成されていて、落書きを書いた紙を挟む隙間もない。

ため息をつくのを堪《こら》えていると、「それで」と慧のほうから切り出した。

「相談に乗っていただきたいことが」

「なんでも」

「麒一郎さんから、やりたいことを見つけなさいと言われたのですが、見つかりません。僕にとっては麒一郎さんのお申し付けに従うこと、つまり桂路さんのお役に立つことがそうなのですが、それ以外にと、ご生前に釘を刺されておりまして」

「よかった。俺だけじゃないのか」

「何がでしょうか」

「『やりたいことを探すこと』」

ちなみにお前の。という言葉は呑《の》み込んだ。慧は少しほっとした顔をして「そうなんですよ」と言った。仲間認定してもらえたらしい。

「で、どうなの。ぜんぜん思いつかない？」

「はい。無事に大学を卒業して、うちの会社で働けるようになること。これはやりたいことというより、すべきことですよね」

「お……おう」

かなり高いハードルのはずだが、慧にとってはタスクでしかないらしい。それにそれはやりたいことというより、目標といったほうが多分しっくりくる。思ったよりハードだ。

「とりあえず、形から入ろう。服、買いに行こう。慧の分も」

「収納物が増えるのは非効率なので、服を増やしたくありません」

「まあ、そう言うな。買い物の訓練だ」

「訓練」

「そう。まだ現場に来ているだろう?」

「知ってたんですか」

「チラチラ動くものはよく見えるし、何しろスーツだからな」

「申し訳ありません」

「いいんだ。でも来るときは、俺の秘書にふさわしい服を着てくれ」

「……わかりました」

今度の返事は力強かった。いいぞ、と思った。

なんとなくわかってきた。課題だと言って与えると慧は素直に乗ってくる。あとはそこに楽しみを見つけられるよう案内するのは自分の役目だ。

「じゃ、午後から出かけよう。飯はフードコートで」

「わかりました」

成功。

《やりたいこと》にはほど遠いが、まずは普通の生活、第一歩だ。

十二時半を目安に出かけ、買い物の途中、どこかで食事をしようということになった。

そういえば慧は、フードコートでチキンを摘《つま》んだり、うどんを食べたりしたことがあるだろうか。

ないかもしれないと桂路は予測する。

自分たちには通り過ぎる日常だ。映画を見て、フードコートで食事をして、エスカレーターを降りて食品売り場で食材を買って帰る。屋上近くにある個展会場の下見をして、下のフードコートで打ち合わせをする。メインにならない「ついで」の場所だった。特別いいものではないが、街で暮らす上で、日常に組み込まれる当たり前の雑味だ。

現場用の見学服を選ぶという口実だが、実際のところ大学の通学服を選ぼうと思っている。

慧が大学に出かけるところを見たことがある。さすがにスーツではなかったが、きっちりしすぎて近寄りがたい雰囲気だった。あれも友人ができない原因の一つだろう。美大ほどとは言わないが、もっとラフでいい。

大学生のファッションってどんなだったかな、と思い返すものの、美大の頃の友人たちは主張が激しすぎて、あれが一般的とも思えない。

店に行けば、今シーズンの流行がディスプレイされているはずだ。それを見ながら、それなりのものを選べばいい。彼がどんな色を選ぶのかも楽しみだ。

「……デートか」

ふと思いついて、桂路は呟いた。兄の死で恋愛どころではなかったが、やはり慧は好みだった。性格は加点でしかなかった。

素直そうで、案外頑固なところ、振り向いたときのあどけなさ。性欲の上からたたみかけてくるような庇護《ひご》欲《よく》を掻《か》き立てられる。それが薄れてきたら、デートが楽しみでしかたがないと思うのだから、人間というのは現金だ。


出かける前に、手帳を少し読んだ。


彼をうちに引き取ると言ったんだけど、案の定母が猛反対した。隠し子を疑われたら困るんだって。まあそりゃそうか、マスコミには本当かどうかは関係ないもんね。

それで、桂路は覚えてるかなあ。頼元《よりもと》さん。ちょうどその頃定年になった専務なんだけど、うちによくマンドリンを弾きに来てた。あの人が後見人になってくれて、面倒も見てたんだ。

遅れてた学力は、大学入試までには追いついた。会社での教育も順調で、ちゃんと社会で独り立ちできるように育ったと思う。

ただひとつだけ問題はあって、今も女の人に、甲高い声で怒鳴られると、声が出なくなる。特に母親くらいの年代の人に怒られると身がすくむようだ。

それを除けば上手くいったと思う。あの子は真面目だから、ちゃんと大学も卒業できるだろう。スタートラインには並べそうだ。

デートというより、ほとんど普通のショッピングだった。近場のモールに行って、服を選び本を買って、映画のチラシを摘みフードコートで休憩する。

土曜の昼のショッピングモールはそれなりの混雑だ。鉢植えの隣の小さな席に向かい合って座る。

チェーン店のハンバーガーとコーラ。バーガーは普通だが、桂路はここのポテトがお気に入りだった。

「服、買えてよかったな」

「はい。あれで妥当だったでしょうか」

「あれ以上の妥当はないと思う」

出かける約束をして出発するまでに、慧は「大学生男子、ファッション」という単語で検索していた。二十歳くらいの男子が好みそうな服がスマホの画面に並んでいたが、思ったよりカジュアルすぎる。慧もいつもの服と落差がありすぎるのではないかと悩んでいたので、店に行ってから直接服を見て選ぶことにした。

ショッピングモールはちょうど冬服の入れ替え時期で、ショーウインドウも充実していたから、それなりに妥当な服装が選べたと思う。ぶっちゃけマネキンが着ていたものを一式買った。

「今日はありがとうございました。来月からはこれを着て通学します」

「替えをもう一式買っておけばよかったかな」

「土日に洗いますから大丈夫ですよ」

「そういう無茶は言わない。まあ……足りなくなったらどこでも俺が連れていってやるよ。今、半自由の身だから」

「どこに……ですか？」

不安そうに慧が訊いた。

「お前が行きたいところ」

「わかりません」

「まあ。急にはな。さしあたり服屋とかでいいんじゃないの？」

ポテトを食べてはいちいちウエットティッシュで指先を拭く慧は、軽く睫《まつげ》を伏せて息をついた。

「麒一郎さんにもよく聞かれました。行きたいところがあったら言ってごらん、って」

「どこって答えたの？」

「答えられませんでした。行きたいところはないし、戻れなくなるほうが恐い」

「兄貴のおすすめは？」

「ドイツ、台湾《たいわん》、イギリスとパリ」

「まあ……、いいところだな」

量販店に恐る恐る服を買いにいく人物にはハードルが高すぎると思う。

「あと箱根《はこね》、草津《くさつ》、南紀白浜《なんきしらはま》が好きだと仰っていました」

「温泉地かよ。それはまったく兄貴の趣味だろ」

ツッコんだあと、それでいいのか、と桂路は思いなおした。

メリットや目標を持たずにただ行きたいと思うところ。なんとなく、というのが重要だ。

「ほんとにどこにも行きたいところ、ないの？」

「はい。買いたい物もないし、日本と世界の絶景と呼ばれる景色は８Ｋの画像でだいたい観たと思います」

これが贅沢《ぜいたく》貧乏というやつか。確かに薄霧の向こうに橋を眺め、雨の日の富士山《ふじさん》を心の目で仰ぎ見るより、コンディションの良い日にドローンで撮った超高画質映像のほうが鮮やかできれいだが、観光とはそういうものじゃない。

「堤防からアジ釣りしたことある？　洞窟でコウモリを見たことは？　田舎の停留所で無人販売所の果物買いながら、どこに行くかわからないバスに乗ったことは？」

喋っていると案外いいな、と思った。慧とそんな旅ができたら楽しいだろう。できれば長い休みを取って、手にキャンバスと道具のカバンを提げて。

「すごい。全部行ったことがないです」

「な？　じゃあそのうちそこに行こう？　キャンプしたことある？」

「被災訓練なら会社で」

絶対楽しくなるだろうと思いながら、頭の中でつらつら行き先を繰っていると慧が尋ねた。

「桂路さんが行ってみたいところはどこですか？」

「そうだなあ、国内でもけっこう残ってる。さしあたり、屋久島《やくしま》かな。でっかい杉が見たい」

「意外です。行ったことがないんですか？　有名な観光地ですよね？」

「渡ろうとすると天候が荒れるの」

「アポは取りましたか？」

「杉の神様に？」

心配そうな顔で言うから噴き出してしまった。遅れて彼も笑う。

慧は笑うとかわいかった。ちょっとだけ八重歯だ。

いいな、と思った。彼と出かけたいと思った。今度はきっとアポを取って。

それからも、慧は毎朝食品見本のような目玉焼きの朝食をつくり、相変わらず桂路のバイト先の現場に現われるのだった。

「あの人、なんかずっとこっち見てません?」

ユニットバスの業者が桂路に尋ねる。

「誰か待ってるんじゃないでしょうかね」

知らん顔をして仕事を続けた。

慧は量販店のTシャツと薄くてラフなジャケット姿だ。極度の重機好きということでごまかせるだろう。

そして当然、もう一方の仕事場にも慧は付いてくると言った。一応本業だから、隠すつもりはない。

桂路が世話になっている画廊は都内の、住宅が多めで、ギャラリーが急に増えはじめたエリアにある。

格式は六本木《ろっぽんぎ》や銀座《ぎんざ》に劣るが、新興ギャラリーとしてはまあまあのステイタスだ。服装は自由でいいと言ったら慧はスーツでついてきた。

桂路は、この《M《ミ》I H《ハ》A R《ル》U - N《ノ》O S《セ》E》というギャラリーに委託をしている。

今は五万円程度のポップなデジタルイラストが多い。手数料を半分くらい取られるが、扱いやすいのかよく売れる。

今日は刷り出し見本と額装を見に来た。問題なければ契約書を書いて帰る。

店主でギャラリストの能勢《のせ》は、見た瞬間から気やすそうな人だ。丸っこい体型、洗いざらしの水色のシャツ。短く小綺麗《こぎれい》な髪型は少しだけワックスで光っていて、顔がそもそもかわいらしいのに頰が高く、笑顔が多くて、ついこちらも気を許してしまう。

こう見えても戦中から続く画廊の跡取りだ。父が経営する画廊が上野《うえの》にあり、能勢は独立してここにギャラリーを開いている。現代アートの人気作家を二人見出したことで有名で、時々取材のカメラも入っている。

今をときめく新進ギャラリーだ。大学在学中、まだ駆け出しだった能勢を、同じ科の先輩が紹介してくれなければ、今も高嶺《たかね》の花のままだっただろう。

白が基調の明るい奥のテーブルで、能勢と向かい合って座っている。

「何でそんなに急に契約書読みはじめたの？　いつもはペンを持って紙を出した瞬間いきなりサインするでしょ？」

「心を入れ替えたんです。契約書は読むべきだ」

「そうそう、ずっと言ってたでしょ？　クリエーターは契約書命。やっとわかったの？」

「肝に銘じました」

これまで何度かひどい目に遭ってきたけれど、肝心なところで能勢のようなストッパーがいたし、諦めれば済む程度の被害にしか遭っていない。

「奥園くんに何があったんだろう。それにあれは？　……秘書？」

机から離れ、静かに壁で絵を鑑賞している慧に視線をやって彼は尋ねた。いきなりその単語を能勢が口にする程度には、慧は出で立《いた》ちも姿勢も立ち居振る舞いも秘書だ。

「まあ、いろいろ」

苦笑いをするしかなかった。兄から育成を任された元虐待児童で、未来の兄貴の会社の社員。説明が面倒くさすぎるし、ここでもあの奥園の弟だとは言っていない。

ちょうど慧が自分の絵の前にさしかかるところだった。

両手がおけるくらいの横長のキャンバス。縦に動かした筆で、車の中から見た雨の日のビルディングと、信号機を、かなりざっくり抽象的に描いた作品だ。

「で、展示会のさ、先方さんからちょっと提案があって」

ギャラリスト同士で繋がりがあって、別の企画で他の画廊の展示会に呼んでもらえることがある。

「何点か預かったでしょう。画風を絞ったほうが売れるんじゃないかって提案があったんだ。雰囲気があれこれで目移りがするっていうか、同じ作家の作品群として記憶に残りにくいって言うか。単品ではよく売れるんだけど、ファンが付きにくいって言うか」

「売れ筋メインで並べていただければ」

「まあ……、それもアリといえばアリだけどね」

能勢は言葉を探すような仕草で頬のあたりを掻いた。

「奥園くんの出してくる雰囲気、バリエーション豊かでどれもいいと思うんだけど、作家性として、奥園くんはどこに行きたいんだろう？　奥園くんは何が描きたいの？」

——どこに行きたいんだろう？

最近その台詞《せりふ》を聞いたな、とぼんやり考えたが一瞬で我に返る。

どこに行きたいか。何になりたいのか。ずっと探している。どこにでも歩き出せそうなだけに桂路自身、悩んでいる。どこへ向かえばいいのか、何をすれば売れるのか。何を描けば絵を続けられるのだろう。

渋い声で答えた。

「売れる物を描こうと思います。それがきっと俺に合ってるものだから」

決めきれず、客に賽《さい》を預けた。何か振ってくれ。気に入った目を出してくれ。そうすれば俺はその目から芽を生やして伸びてみせるから——。

「そう言われると、僕もなあ……」

目を閉じて、能勢も悩んでいる。

これまでも方向性について能勢はずいぶん相談に乗ってくれた。「僕は、奥園くんの油彩が好き」と言ってくれるが、売り上げがいいのはアクリルやデジタルのほうだ。

慧は隣の絵に足を移していた。正方形で赤い円と緑色系の線を自由に跳ねさせたデザインで、飛沫《しぶき》がアクセントとなっている。正月に使いやすいようにと思って描いた記憶がある。

「画風を統一した方がいいならそうします。展示会に合いそうな作品を教えてください。何点か入れ替えできると思います」

なんとなく煮え切らない相談を終えて、桂路は画廊を出た。

「どういうお話だったのでしょう」

聞いてもいいと思っていたし、実際聞いていたようだったのだが、内容を判じかねているようだ。

「金になる絵と、ならない絵があって、売れるのはわりと力を抜いて描いたアクリルとかデジタルのほう。はじめにやりたかったのは油絵のほう」

「売れるほうが、桂路さんに合っているということでしょうか」

「世間的な評価で言えばそうなるかもね。別にどっちが上等とかいうわけでもないし」

ちゃんとした画家になりたい。堂々と絵で飯を食いたい。その金で不自由なく画材を買って、また絵を描きたい。

何になりたいかと問われればそんな答えだ。

「油絵が好きなのですか?」

「そうね。美大も出たし、がんばったけど、この程度だった」

努力はしたつもりだったし、デザイン的な絵が売れはじめても、手のかかる油彩はやめなかった。でも評価されるのはデザイン系だし、金になるのもそっちだ。

「俺の本気の絵を褒めてくれたのは兄貴くらいなものだったし。そこで答えは出てた」

心配そうな顔で隣を歩く慧に、「この信号渡ろう」と言って立ち止まる。

「ごめん。愚痴になった。ほんとは好きな油彩で個展やりたい。誰かの窓になりたい。だからデザインやって絵で食っていくか、就職して油絵を趣味でやるか。そろそろ答えを出す時期なんだ」

言葉にすると、ふっと考えがクリアになった。そうだ。もうなんとなく限界は感じていた。飯のために絵を描くか、絵のために働くか、ここが分水嶺《ぶんすいれい》だ。

赤信号に向き合ったまま、慧はそっと顎に指を当て、首を傾《かし》げて黙り込んだ。

「——梅宮《うめみや》さまにお会いになればよいと思います」

「え？」

「静かなところで電話をかけたいのですが」

「あ……？　うん？」

慧が電話をかけているところを見たことがない。緒川が落ち着いたら連絡があるとは言っていたが、携帯電話を取りだしたところも見たことがなかった。

公園に連れていくと、慧は次々に電話をかけはじめた。紹介されては通話を切り、紹介されては通話を切り、と言った具合で何かの約束を取り付けようとしているようだったが、四件目の通話が終わったときに、慧はようやく桂路を見た。

「遅くなりました。私があまり、こちらの世界に明るくないもので。梅宮さまにお目にかかれるそうです」

「梅宮さん？」

「ななほし銀行頭取で、絵画の鑑賞がご趣味でいらっしゃいます。ご自宅にもたくさん絵を保有なさっており、画廊の方もたくさん出入りしてとてもお詳しいご様子。麒一郎さんが、絵のことで困ったら相談してみなさいと、一昨年《おととし》、ご紹介くださいました」

「なん……だって……？」

ななほし銀行の頭取と言えば、昨年有名画家の未公開作を十億円超で競り落とした人だ。絵画道楽では有名で、それなりの値段がする人気作家の絵を、「うん全部」と持ち込んだほど買うと聞いたことがある。

「ご本人に電話を差し上げてみたのですが、絵のことで会うなら贔屓《ひいき》の画廊を通してくれと申されまして」

梅宮の家に絵を持ち込む画廊など、聞くまでもなく国内で指折りだ。そこに電話をかけたというのか。大学生で、秘書修業中の量販店で立ちすくんでしまう彼が、ななほし銀行の頭取と

――？

「でも会ってくださるとのことで、よかったです。谷垣商事《たにがきしょうじ》の会長はお好みの強い方なので、ご相談相手には少し難しいかなと思いました」

「ちなみに、何件くらい、電話かけられるの……？」

桂路はおそるおそる尋ねてみる。多分あらゆる業種の、あらゆる裏側の職業のトップに近いところの、個人の携帯電話の番号にかけられるはずだ。

「僕は、麒一郎さんから直接教わった番号を含め、四百件くらいです。緒川さんは千件くらいかと」

人脈というにもスケールが桁違いだ。

「その携帯、落とすなよ？」

「はい。認証のことでしたら、一応特注です」

一見では機種がわからない、黒い革のスマホケース。

――とっておきの遺産を残すから楽しみにしといて。

まさかと思うが、これが――慧がそうだというのか。

これは、とんでもない価値の遺産なのではないか――？

美術界において、コネクションというのはほとんど命綱だ。

どれほどいい作品を描いても、腕のいいギャラリストに扱ってもらえなければただの絵だし、ギャラリストもよい顧客がいなければ売買価格という絵の評価を上げることができず、美術品の価値を美術家に還元することができない。

だからといって、いきなりこんなことがあるだろうか――。

「奥園さんの弟さん。このたびは本当にご愁傷様でした。生前お兄さんには大変お世話になり、だいぶんよくしていただきました」

絵に描いたようなコネだった。新鋭ギャラリーで《十万円で買える作家》として暗におすすめされる程度の作品を描く画家が気軽に会えるような人ではない。

一応、能勢には話を通しておいた。専属というわけではないが、よそに預けるときは一言声をかけてと言われていたからだ。引き留めるというのではなく、預け先によっては、今ある絵の値段を上げるらしい。付加価値のにおいがすればすかさず相場を吊《つ》り上げる。腕のいいギャラリストの手法だ。

だからこの話をしたとき「すごいチャンスだよ」と能勢に励まされた。売れたら値段を教えて、とも言われていた。

だが、チャンスとコネは違うと、今日、桂路は改めて思い知った。

稀有《けう》な機会を得ることをチャンスと言い、身の丈を超えた厚遇をコネと言う。

今日の場合、見分け方は自分の絵を見せるのが恥ずかしいかどうかだ——。

絵を運んできたのは、蔵本純夫《くらもとすみお》ギャラリー。老舗中の老舗のオーナーだ。彼は明るく桂路の絵を褒めてくれたけれど、感触的に評価はわかる。

ななほし銀行は、近くに銀行所有のミュージアムを持っているが、今日はコミュニケーションセンターの四階を指定された。一階には学生の絵や書が展示されていた。

ワイン色の絨毯《じゅうたん》の、会議室のような部屋の机に絵を広げ、壁に掛けるのを待たず、梅宮頭取は桂路の絵を覗き込む。

「ああ、なるほど。これはセンスがいいですね、心が明るくなるいい絵だ。すぐにでも、知人のデパートの企画部に話を持って行けそうです」

——なるほど評価は甘くない。

兄のよしみで会ってくれただけだ。自分で所有する気はないが、兄のよしみを無碍《むげ》にするわけにはいかないから、それらしい場所に紹介してくれる。それで彼の付き合いはおしまい。先はノータッチだ。

あしらわれそうだな。

まだ一枚も、壁に掛けてくれと言われない。

それでもいいか、と、桂路は内心満足だった。

新しい仕事先は欲しい。絵で食ってゆくためには、どこを紹介されたとしても、彼の口添えならそれなりに見てもらえるだろう。大きなチャンスに違いない。

売れ行きのよさそうなアクリルの絵を眺めていた梅宮は、右上に小さく置かれた油絵に目を留めた。

「……こっちは？　これも奥園さんが描かれたの？」

「はい」

能勢のすすめで小さな風景画も持ち込みに入れてもらった。

何の変哲も無い夏の生け垣を描いた油絵だ。スタンダードな風景画で、赤紫の朝顔が咲いていて、梢《こずえ》の隙間に微かに、鮮やかな空の青色が見える。

「これは預かってもいいですか？　こういう感じが好きな人がいて、話をしてみたいんですが」

よろしいですか？　と、蔵本氏が言う。桂路は慌てて頷いた。


夢のようだと、駅へ向かって歩きながら桂路は思っている。魂が身体《からだ》から離れて風景ごと見下ろしているようだ。

嬉しいはずなのに、現実感がない。テレビ画面の中に入ったような感覚だ。

「ありがとう」

隣を歩く慧に言った。

「なぜ？」

「梅宮さんに会えたのはお前のおかげだ」

「いいえ。あなたの絵がよかったんです。私は連絡を取っただけです」

「それでも、お前がいなきゃ、あんな人とは会えないし、会ったところで検討してもらえるわけもないし」

周りの人と一緒に歩道を流れながら、慧は少し困った顔をした。

「梅宮さまはそういう方ではありません。あのように、とてもやさしくにこやかな方ですが、他人を不快にせずにお断りなさるのがお上手な方で」

「わーこわい。怖い世界だわー」

頭取と言っても根っこは客商売だ。興味がない絵を持ち込まれたって、笑顔でどこかに流すことなど息をするように行うのだろう。

「すごい世界で生きてるんだな」

この感想にも慧は不思議顔だ。

「駆け引きは損得で成り立っているのでわかりやすく、予想も立てやすいので、妥協案も示しやすいです。だから目盛りのない人の好意や感情を察するほうが私には苦痛です」

「そんなものかな」

「はい。予測が立てられないのが一番怖いです。アジ釣りなどの、データがないことも」

意外な単語を口にされて思わず桂路は彼を見たが、彼は目を伏せ気味に歩いていて、話しかけるのをためらった。


夜、食事のあとに皿を引いていると、スマートフォンが震えた。

——蔵本です。日中はお世話になりました。今、お電話、よろしいでしょうか。

「あ、はい！」

連絡は、あの絵が売れたという話だった。残念ながらアクリルのほうは買い取られず、このまま心当たりに紹介していいか、と言うから二つ返事でお願いした。快挙だ。

——それから、これは僕からの頼み事なんですが、奥園さんの描きたいものって何でしょう。

「え……？」

——ああいえ、あの絵は大変良かったのですが、もう少し何というか……心のピントが合ったものを、衝動の強い感じのものを見てみたいな、と思いました。もし、これはと思う絵ができあがったら、よかったら拝見させてください。

「そうですか。わかりました。ありがとうございます」

質問にはすぐに答えられなかったが、これはけっこうすごいことだ。これきりではなく、蔵本が個人的に新作を見たいと言ってくれる。

　電話を切って慧の姿を探すと、すぐ側で彼も通話をしていた。

　受け答えを聞くと、相手は梅宮らしい。慧は短い通話を切り、桂路を見上げた。

「あの絵のご報告でした。ご覧になった方が、即決でお求めになったとか。詳しくは蔵本さまから連絡が行くのでよろしくとのことでした」

「今聞いた。ありがとう」

「おめでとうございます」

　彼がようやく笑った。そういえば食事中もずっと、緊張した面持ちで、話をしても自分よりも上の空だった。

「本当にありがとう。兄貴とお前のおかげだよ。契約前に駄目になっても思い出にはなる。嬉しかったよ。ありがとな」

　そう言って、深く考えずに彼に手を伸ばした。

　たまたまだ。振り返るとたまたま彼が抱き包めるほど側にいて、すぐ後ろに壁があって――。

　目元にだけ嬉しさを滲《にじ》ませて桂路を見上げる彼の頭の横にそっと手をついた。

　きれいな二重の目をまたたかせて桂路を見上げる彼の唇に、桂路は身体をかがめて唇を重ねた。

　彼が目を閉じて、開く前に唇を離す。

　慧は驚いたような、問いかけるような目で自分を見てきたから、桂路は少し決まりが悪く目を伏せた。

「ごめん。嫌だったら忘れてくれ」

怒られたら感謝とか親愛とか、テンションが上がりすぎたとか言い訳をするつもりだったが、彼は目を伏せてじっとしていた。

「大丈夫です」

そう答えられて、ほっとした直後、失敗したと思った。

正直に聞けばよかった。言い訳できるシチュエーションのとおり、彼は親密さと興奮が自分にキスをさせたと思ったに違いない——。


翌日、現場のアルバイトに出ていたが、慧《さとし》は一度も姿を現さなかった。

飽きたのか講義の日だったかと思ったが、そういえば、近日中に出社が許されそうだと言っていた。

案の定彼は桂路《けいじ》が帰宅したあとに、スーツ姿で戻って来た。腕に持ち手がちぎれそうなバッグを二つ持って。

「手伝おうか?」と声をかけると、「部屋に持っていくのでいいです」と言って彼は部屋に入り、洗面所に行って着替えをしてからリビングにやって来た。

「さっきの何？　ずいぶん重たそうだったけど」

「会社で本を借りてきました」

「何の？」

「……勉強の」

恥ずかしそうな顔で内容を濁したから探らないことにした。大学の勉強もあるだろうし、会社のほうも大変そうだ。

戻すときは二日に分けたほうがいい。カートで運んだほうが楽だし本も傷まないのではないか、と思いつつ、風呂上がりに廊下を歩いていたら、普段灯《あか》りがついたことがない部屋から灯りが漏れていた。扉にタイルくらいのステンドグラスがついていて、そこから漏れる光で、中に人がいるかどうかわかる仕組みのようだ。

この部屋は覗《のぞ》いていない。一応ここは慧の家だから、紹介されない部屋は開けたことがない。どうしようかと思ったが、ドアをノックしてみた。入るなと言われたら去ればいいのだ。しかし意外にも「どうぞ」と中から慧の声がする。静かにドアを開けてみると、中は少し驚くような空間だった。

立派な書斎だ。壁全面の本棚と、中央には大きな机、収納できるようになっている補助の机が出されている。机の上には間接照明が垂れ下がり、夕日を浮かべたような赤みがかった光を放っている。慧はその真下で、分厚い本を広げていた。

「何これ。美術の本？　と、名刺？」

大きな紫檀《したん》の机の上に積み上げられているのは、背表紙から見ると美術関係の本のようだ。そしてその隣には、カードゲームのデッキのように、何カ所にも分けられて名刺が積み上げられている。

「はい。審美眼に信頼の置ける方、投機、あるいは投資として美術品の購入に実績のある方、画廊とそのオーナー、オークションの代理人。販売ルートはそれなりに伺っていますが、美術品そのものに造詣がなくて」

「普通ねえよ。経済学部だろ？」

「はい。投機対象としての絵画の勉強は少ししています。あと基本的な鑑賞方法と、分類については一応講義を受けていますし、なるべく本物を見るべきだと、時折緒川《おがわ》さんに美術館に連れていかれます」

「俺より上等じゃないか」

「麒一郎《きいちろう》さんにも、何度か」

「兄貴、美術なんかわかるの？」

父は壺《つぼ》とか絵とか木工だとか、それなりに所有していたようだが、兄が絵を眺めたり焼き物を愛《め》でたり、玄関に何らかのオブジェを置くイメージがない。自分が家を出たあとはどうだったか知らないが、小さい頃から美術品に興味があったようには思えない。

「はい。あまりお好きではなかったようです。どちらかといえば音楽のほうがお詳しくて。でも絵をご覧になって、社長は僕に——」

慧はそこまで言って、考え込むように口を噤《つぐ》んだ。

「そのときに——……?」

「いえ、僕自身、今も、そのときの言葉がわからないので。ごめんなさい」

「俺が聞こうか?」

兄が彼に与えた言葉。他人が聞けば案外簡単に解読できるかもしれない。あるいは自分に説明するときに急に彼の理解が及ぶかもしれない。人に説明するときは内容の整理が必要になるから、絵を描くときも一度言語化して描き始めるヤツと、整理を嫌い、わざと混沌《こんとん》の認識に感情を置いて描き出すヤツがいる。

慧は俯《うつむ》いて、首を横に振った。

「いいえ。言葉の意味は、わかっています。僕が、上手《うま》く呑《の》み込めないだけで」

「そうか。時間が解決することもあるよ」

彼が大切にしている兄との時間に踏み込まないよう、桂路は細心の注意を払っている。

どんな本を借りてきたのかと、二十冊近く積まれている本の背表紙に目を向けようとしたとき、彼がじっとこちらを見ているのに気がついた。何を言うわけでもなく、時々瞬きをしながらこちらを見ている。

吸い寄せられるように桂路の手が、彼の髪を撫《な》でた。風呂上がりで少し湿っていて、さらさらしていた。目蓋を伏せ、唇を重ねる。多分正解だと思う。恋か、親密の証《あかし》かはよくわからなかったが——。

唇を離すと、彼は目を潤ませて俯いた。少しはにかんでいた。何と言葉を続けていいかわからず、先ほどの続き、背表紙を見る。

「現代美術？」

「ジャンルが違っていたらすみません」

「俺の？」

「はい。なるべく似た感じの絵を探してきたんですが、よくわからなくて」

「ん？　モネ、も？」

「あの、小さな風景画のほう。なんとなく……こういう感じもしたので。失礼だったら申し訳ありません」

「いや、光栄だよ。でも買いかぶりすぎ。そうだな……。分類するというなら——メインデルト・ホッベマとかシスレー、かな。厚かましすぎるか」

抽象的ではない風景画。彼らよりやや輪郭が柔らかめ。

——心のピントが合ったものを、衝動の強い感じのものを見てみたいな、と思いました。

ふと蔵本《くらもと》の言葉を思い出した。心の奥底を言い当てられたようだ。

油彩を描きたくて、風景画が好きだと思っていたが、もう少し何か特別なものがあるのではないか。モチーフだろうか。画面の構成だろうか、色だろうか。

考えかけたとき重厚な画集や解説書の間から、妙に現代的でポップな赤と黄色が見えた。

とっさに笑うのを堪《こら》えた。単純に嬉《うれ》しかった。

屋久島《やくしま》のガイドブックが挟まっている——。


誤解かもしれないが、最近慧がはり切っているように桂路には見える。

緒川が通常業務に復帰したので、仕事に戻れるのが嬉しいのか、それとも毎日入れ替わりに持ち帰る美術書が気に入ったのか。

やりがいを見つけた？　と尋ねると思い上がりになりそうなので、黙って見守っている。

買い物に付き合ってもらったときも街頭の広告やパネルにしばしば目を留めていたから、多分絵画に——もしかしたら桂路に興味を持っているのは間違いないようだった。絵の道具や、絵について質問もよくされるようになった。今度、絵を描くところを見せてほしいとも言っていた。

慧は質問慣れをしていて、気にかかったらすぐに尋ねてくる。これも緒川の教育のたまものだろう。わからないことを放置しない。緒川は質問しても怒らないという、彼らの間の信頼関係が見える。

答えると慧が笑うのが嬉しかった。けっして大笑いはせず、整った顔に満足そうに微笑《ほほえ》みを浮かべる。頬が紅潮する。

今更じっくり悩む程もないのだが、慧のことが好きだった。

笑ってくれると嬉しい。自分に関心を持ってくれると色々と話したくなってしまう。だが自分の恋はここまでだ。彼が向けてくれる好意が、信頼か、親密か、兄が望んだ家族的な親愛を築けつつあるのか。そのどれでも壊したいとは思わない、万が一恋愛のような感情でも、何というか慧の心自体がまだ未完成なのを感じている。生い立ちのせいか、心に穴がある。あとから空いた穴ではなく、初めから与えられていない空虚だ。失ったものでないから彼自身喪失を覚えていないし、そこに何があるべきかもわかっていない。相変わらず友人はできていないようだし、自分に対して親密ではあるが、秘書のような態度は崩さない。

兄が羨ましかった。

あんな風に感情を向けられてみたい。

初めて慧を見たときからずっと思っていた。

慟哭《どうこく》する彼を見たとき、自分もああまで人に惜しまれたいと願った。あんなふうに誰かに愛されたい。今は、彼の関心を得たい――。

桂路は数日ぶりに、兄の手帳を開いた。初めの頃に比べると少し文字がふらついている。

やあ。彼は君の役に立っているだろうか。

一応君に合うようセッティングしておいたつもりだが、なかなか君の情報がなくって曖昧な感じにしかならなかった。油画科にいて絵を描いてるのは知ってたけど、君の作品自体の情報が無くてね。雑になったらごめんよ。彼には、新ジャンルに出会ったら勉強するようには伝えてある。


それで、慧は迷わず美術書を持ち帰ったというわけだ。

十分だよ、予言書かよ。


ちなみに彼のマッチングのセンスは本物だ。状況に有益な人物に適確に連絡を取る。君に譲るのが勿体ない、うちの仕事にすべてを注いでほしいくらいだ。というわけで、社に残ってもらうことにしたんだけどね。

ところでここで本題です。僕から指示があるんだけど、彼の好きなものを見つけられなかったときは一年を限度に、この家を離れてください。彼にもそう伝えてあります。

聞いていると思うけど、このノートにも契約の効力があります。契約書だけでなく、文字モノは一通り読んだ方がいいよ？

「……クソ兄貴」

なかなか辛辣な説教だ。今後蔵本との契約もある。肝に銘じて明日から文字は全部読もうと思って桂路は、なるほど、と息をついた。

そういう目論見で、強引にここに引っ越させたわけだ。

兄は、自分の暮らしを助ける一方、慧に普通の生活を教えようとしている。そしてその期限が一年間。賢い慧が普通の生活を習得できるなら一年間で十分だし、もし、一年かかっても理解できないときは、自分と何年いたって同じだろう。

やりたいことを見つけること。親しい人を得ること。

期限は一年——。

「……」

手帳を手に数秒天井を仰いだが、立ち上がって部屋を出た。

慧はこのことを知っているとある。彼はどう思っているのだろう。

慧はちょうど部屋を出たところで、手に空っぽのマグカップを持っていた。

慧、と呼びかけた。「兄貴のことで、ちょっといい？」と言うと不思議そうな顔をした。廊下に立ったまま切り出した。

「同居期間が一年っていう話、聞いてる？　お前が好きなものを見つけられなかったら、俺はここを出るってこと」

　そういうと途端に表情がこわばるのが、何よりの答えだ。

「聞いています。できるだけ早く……見つけられるよう、がんばります」

「待って。それはやめたほうがいい。俺は出ていってもいいが、無理矢理人気がありそうな何かを選ぶのだけは、やめてくれ」

　慧は優しい。そして兄貴が大好きだ。兄貴の願いを叶《かな》えようとして、そして自分に居場所を与えようとして、好きでもない妥当な服を選んだときのように、期限が迫れば、同じ年齢の人間が好きそうな何かそれらしきものを、ネット検索で探してくるに違いない。

「でも、食わず嫌いかもしれません。やっているうちに楽しくなるかも」

「そういうと思った。何で言わなかったの」

　自分がいつまでもグズグズ手帳を読まなかったことを棚に上げて彼に尋ねた。

「僕が見つけるべきことだから。がんばらないと、桂路さんがいなくなってしまうから」

　かわいいというか、いじらしいというか。思わず抱き寄せていた。彼はじっと腕の中で、こめかみを桂路の肩に預けている。

　熱く込み上げてくる衝動を踏み潰しながら、独りで不安を抱えていた慧に囁《ささや》いた。

「兄貴が契約書じゃなくて、わざわざ手帳に書いてたってことは強制力はないと思う」

「でも、麒一郎さんのお申し付けは絶対です」

予想通り、問題は手帳ではなくこのかわいい石頭だ。

「わかってる。でも、俺のために無理矢理したいことを決めたりしないでくれ。したいことっていうのは植物みたいなもので、お前の中にちゃんと種が植わっていると思う。兄貴とか緒川さんが水を撒《ま》いて、あとは芽が出てくるのを待つしかないんだ」

芽が欲しいからと言ってプラスティックでできた、まがい物の芽を土に挿したところで永久に成長しない。

興味とか、やりたいことというのはそういうものだ。上から踏みつけず、わざと枯らせたりせず、気長に発芽を待つしかない。


「やあ、このあいだはおめでとう！」

カウンターの内側からハイタッチを求めるように片手を上げて待ち受けるのは、能勢《のせ》だ。今日はスーツっぽいジャケットを着ている。

「蔵本純夫《すみお》ギャラリーに置いてもらえることになったんだって？」

「いえ、まだ次の絵を見てくれるという段階ですが」

右手でハイタッチに応えながら、桂路は答えた。

「いやあ、蔵本さんは間違わないでしょ。うちのギャラリーとしてももちろん出世は歓迎するけど、このあとも、うちにも作品を置かせてね」

「もちろんです」

「保坂《ほさか》さんもいらっしゃい。本当に秘書なんだね」

能勢が桂路越しに慧に声をかけた。慧は静かに頭を下げている。彼は名前と連絡先のみが記された名刺を持っていて、工事現場や能勢に出したのはそれだ。葬儀の直後、緒川から渡されたのだそうだ。

「どういう感じですか？」

「お陰様で盛況です。君の作品はもう二点売れたよ。今のところ一番だ。今も一点ご案内中。あちら、ご挨拶したほうがいいかもね」

ギャラリーの奥に向ける能勢の視線を追うと、桂路の絵の前で、上品そうな老夫婦に、能勢の右腕と言われる男が何かを話しかけている。淡い色合いのアネモネがふわふわ生えた小さなアクリル画だ。輪郭の溜《た》まりがアクセントで、カフェにもリビングにも合う。

今日は共同の個展の日だった。若手三人の展示会で、買いやすい値段の現代風、リビングや、家庭の階段の踊り場に合うような、小ぶりで爽やかな絵が多い。店用の絵を探しにカフェやレストランのオーナーもよく訪れる。

能勢ははっきりした二重の目で桂路にウインクを投げた。

「がんばるから期待していてくれ。君の絵は爆発的に売れる画風じゃないけど、飾りやすいとてもいい絵だ。長く続けていたら人気が出るはずだから、共同個展から地道にやっていこう。午前中も見に来た人がいるから、もしかしたらオーダーも入るかも」

「そうだといいな」

笑い合う能勢は、桂路の肩越しに慧に声をかけた。

「奥園くんは期待の作家さんで、個展でも売り上げは指折りなんだ。絵の前で立ち止まる人のバリエーションもすごい。奥園くん、何でも描けるから」

能勢の褒め言葉を慧は明るい表情で聞いていた。桂路が話題を変えようとしたとき絵の前から呼ばれた。作者と話してみたいのだそうだ。


帰りの慧はとても機嫌がよさそうだった。駅の看板を見る瞳でさえキラキラしている。

「すごく褒められてました。目の前で絵が売れたとき、僕もとても嬉しかったです」

「そうだな。今度寿司《すし》を奢《おご》るよ。回るヤツだけど」

慧の家に住んでいる間は家賃がいらないから普段より生活は楽だが、相変わらず自転車操業だ。兄から貰《もら》った「遺産」も、なるべく使わず取っておきたい。

慧の高揚は収まらない。

「すごいです。一番売れたって、聞きました」

喜んでくれるならと、言わせておくつもりでいたのだが、そろそろつらくなってきた。

「あんまりイイコトじゃないんだ」

「え?」

「何でも描けるってこと。小器用ってこと」

「わかりません」

「商業向きってこと。作品群に突っ込めばそれなりに目立って、どんなシーンにも合わせられる。画材は何でも使える。納期に間に合う。クセがありすぎない、使い勝手がいい、絶大なファンはつかないけど俺の絵を特別嫌う人もいない」

「すばらしい」

「ま。イラストレーターとして、飯食ってくにはいいかも?」

今日の展示会は、油絵無しのアクリルとデジタルの絵だ。デジタルはレストランをターゲットにしたポップな抽象画、アクセサリーショップで好まれる輪郭線の太い、ビビッドで平面的な動物の絵。受ける絵、流行《はや》りの色とかフォントの組み合わせ、かわいい絵、エレガント、スタイリッシュ。モデルハウスやカフェなどで人気が高いという話だ。

「すごいと思いますが」

「ああいう絵はね、勉強したし、頭と経験で描けるんだ。パターンって言うか、理論って言うか。こういう構図を取るべきで、色の組み合わせはこれが正解で、って」

多少美的感覚は必要だが、極論を言えば誰でも描ける。公式に従って絵を描いているようなものだ。人間が好む感覚として多くの美術家が研究してきたものだから、その通りに描けばそれなりに好ましい絵ができる。

「その理論も最初に編み出した人はすごいんだけどね。俺たちに求められるときは後追い後追いだからね。多少の小器用さと、最低限のセンス、そんなものでやっていける」

ようやく桂路の憂いを察した慧は、表情の明度を落とした。

「それはそれでいいんだ。おかげで飯が食えてる。でも俺がなりたいのはそうじゃなくて、心で描きたい。誰かの窓になりたい」

「窓？」

「そう。油彩で。窓を開けたときに、リアルタイムで見る景色。額縁から見える何かになりたい」

――奥園《おくぞの》さんの描きたいものって何でしょう。

今、その答えが見えそうで、桂路は途切れないよう言葉を継いだ。

「人とか、建造物でもいいけど。抽象画とかも……。……って具合に、バラバラで、これが駄目なのはわかってるんだけど」

それは手法であって、描きたいものとは違う。

やっぱりダメか、と、口をすぼめて長い息を吐いた。

「諦めどきかな。別にイラストの仕事とか、デザインの仕事も嫌いじゃないんだ。どこかのデザイン事務所に入って、オーダーもらった絵を描いて、油絵は趣味。こうするのが正しいってわかってたんだけど、四年も夢を見た。しかもとびきりぼんやりとしたね」

「桂路さん……」

「モネの絵みたい。俺は心がぼんやりしてるんだよ」

モネの絵は、どれも輪郭がはっきりしておらず、当時は印象派と呼ばれて、感覚を重視したためにデッサンが苦手なのだとか、色に頼りすぎだとか批判を浴びたものだが、後年、彼が白内障だったことがわかっている。

《絵描きは見たままを描く》というのが鉄則だ。精緻でも、パースが狂っていても、色が突飛でも、平面的でも歪《ゆが》んでいても、それが画家の心の角膜に映ったものならば、見たまま正確に描き出すのが画家として正しい。だからモネは正しいのだ。輪郭が霞《かす》み、眩《まぶ》しさで光が増す。それを美しいと思う。だからそのままキャンバスに写す。

だが自分は目ではなく、心がぼんやりしているから駄目なのだ。

「駄目じゃないです」

「慰めはいいって。絵を描かない人に褒められても案外傷つくんだよ」

「そんなことないです。多分あれは、桂路さんの絵でしたから」

「……何が？」

「麒一郎さんのお部屋にあった絵です。ずっとどなたの絵か教えてもらえなくって、緒川さんも教えてくれませんでしたが、この間、桂路さんの油絵を見たときにきっとそうだと思いました」

「いつの？」

「わかりません」

「どんな絵？」

「この間の絵と同じくらいの——どこかの庭の、夏の、へちまの絵」

「えっ……？　あ、……ああ、なんか覚えがある。右奥にへちまがあって、左に石灯籠がある？」

「そうです」

　アレか、と思い当たる絵がある。高校生のときだったかその絵を描いた。縁側から見える庭の角度には限りがある。イーゼルを置く場所も方向も大体決まっているから間違いないだろう。旧奥園家の庭だ。そういえばあの絵をどうしたか、行き先に覚えがない。

「へちまは、うちの庭にあったんだ。毎年、おばあさんが植えたがってね…って何で⁉」

「これまであれが誰の作品かわからなかったんですが、あなたの絵を見て、わかりました」

「どこにあったの？　奥園の家？」

「社長室です」

「マジかよ……」

「少なくとも、僕が入室を許されるようになってからずっと同じ絵がかかっていました」

「いやあ、恥ずかしいというか、兄貴の部屋を訪ねてくるお歴々に見ていただいたわけか」

どんな絵を描いたか、もうはっきり覚えていない。ただ受験を控えて一所懸命描いた絵なのは確かで、黒めに置いた影の濃さが記憶に強く残っている。その絵を描いた日の湿度とか、暑いな、と思いながら、ぬるい炭酸のオレンジジュースを飲んでいたこととか、ジェット音を響かせながら、青空に飛行機雲がチョークのような線を画いていたのも。

「兄貴、優しい人だったからね。それにしたって、社長室はひどいな」

「ずっといい絵だなって思ってて」

「おべっかか？　秘書だから」

「いいえ。ここからあの絵の中に行けそうで、とてもいいなと思ってました。じゃないと、そんなによく覚えていません」

「待って、照れる」

「見当外れのことを言っていたらごめんなさい」

そう言った慧の視線があまりにもまっすぐだったから、桂路は照れくささを抑えつけながら首を振った。

「いや、いい。嬉しいよ。ありがとう」

「あの」

今度はなぜか、慧が照れた。

「もう少し、勉強します。会社に寄って帰りますので、先に帰ってください」

「今から？　会社遠いよ」

「大丈夫です」

と言って、慧は手で口元を覆った。

横顔が照れている。その瑞々《みずみず》しい横顔を、ビルの間から昇りはじめた夕日が照らした。

卵の黄身の色をした逆光を浴びて、輪郭がまろやかになった彼が、やはり暖かい色味で目を伏せるその表情を——金色の頬を、耳できらめくうぶ毛が、きれいだと思った。

この一瞬を、描き留めたい。

そう思ったのは、何年ぶりだろう。


駅の入り口の前で、じゃあ、と手を上げた。

彼とは乗り口が別だし、桂路は本屋に寄って帰るつもりでいた。

慧の前から数歩歩いたとき、ガシャンと音がして、女の金切り声が聞こえた。

何だろうと思って振り返る。駅の入り口のあるパン屋の中からのようだ。緊張して立ち止まり——一瞬あとにほっとした。

母親が子どもを叱《しか》っているようだ。店内で走った子どもが何かにぶつかって、床にパンをまき散らしたらしい。

子どもを叱る女性の声は続いている。気の毒なことだが、子どものうちはしかたがない。通り魔とかじゃなくてよかった。それにしたってそこまで叱らなくてもと思うような声だ。罵倒もひどい。

そんなに叱ってはかわいそうだと思うが、店員が止めに入っているので自分の出る幕ではない。もう一度慧に手を振りなおした。今度こそ駅を離れようとしたとき、慧の様子がおかしいことに気がついた。

呆然《ぼうぜん》と立ち尽くしている。

人の邪魔になっていて、迷惑そうに避けられているのに動こうともせず、「土下座しなさい」とまで言っている女性の声のほうを見ている。

はっとして、慧のほうに踏み出した。内容より先に、兄のブルーブラックのインクの文字を思い出した。

――ただひとつだけ問題はあって、

――今も女の人に、甲高い声で怒鳴られると、声が出なくなる。

――特に母親くらいの年代の人に怒られると身がすくむようだ。

「慧」

呼びかけて彼の手首を摑《つか》んだ。

彼はのろのろとパン屋のほうから視線を外し、反対の手で耳を覆う。——震えている。

「慧」

「だ……大丈、夫」

呼吸を浅くしながら、慧は目を閉じる。彼の手を引いてパン屋の前から離れ、構内の反対側の壁に寄る。今わかった。幼い彼を虐待していたのは主に母親だ。

「おか、……おかあさんではなくて、社長の顔を……社長がかわいがってたウツボを思い出しなさいって」

「ウツボ……？　兄貴ウツボなんか飼ってたの？」

「いえ、すみません、ぬいぐるみ、で、あの。大丈……夫」

そういう間にも、こめかみからひとすじ汗が流れ、顎で結んで落ちる。顔色も真っ白だ。

「カフェにいこう」

休んだほうがいいが、ホテルとなると少々歩かなければならない。駅に入る前、カフェがあった。ゆっくり手を引くが、彼は怯《おび》えるように首を振る。

「待って。建物は無理。無理です」

「オープンテラスだ」

「……外なら」

幸運なことに、彼は自分の恐怖の在処《ありか》を知っている。対処のしかたも教えられているようだ。彼を通りに連れ出し、陽気なパラソルの刺さったテラス席に座らせる。アスファルトに暖められた、砂っぽく生ぬるい風が吹いてくる。

少し様子を見る。こわばってはいるが、冷静なようだ。カウンターが空いているのを見計らって飲み物を買いに行った。紅茶を彼に渡す。自分はブレンドコーヒーだ。

「……すみません。だいぶんいいんですけど……」

言い訳のように慧のほうから切り出す。

「じ……女性の高い声が……苦手で、でも、今は少し、固まるくらい。窓のない部屋に、閉じ込められてて……」

眉根を寄せて、ため息をつくことしかできないつらい話だ。彼は笑顔をつくろうとしたり、視線を泳がせながら切れ切れに話す。

「違う、……かな。僕を家に閉じ込めたのを、外から見られるのが嫌で、母が窓に新聞を貼って」

「もういい」

話すことで気が楽になるなら、と思って耳を傾けようとしたが、慧の傷はだいぶん深いようだ。カフェテラスの世間話で済みそうな感じではない。話さなくていいと言葉を止めた桂路に、嘔吐《おうと》するように彼は言った。

「怖かったんです。もう今は大丈夫ですけど」

「わかった」と答えて手を握る。ひやりと冷たい。

慧は、すみません、と言って桂路に手を預けたまま、少し引き攣った声で続けた。

「昔は息ができなくなったり、何時間も動けなかったり……でも、社長のウツボを思い出すようにしたら、今はだいぶ」

「そうか」

「男の人に怒鳴られるのは平気なんです」

「平気じゃないほうがいいよ」

兄の言う、普通の難しさを痛感する。自分に何ができるだろうと思っていたら、ふと、慧がこちらを見ているのに気づいた。

「桂路さんがいたら、だいぶ平気」

苦笑いで、弱々しくそんなことを言う。


もう今日は休んだほうがいいと慧に言った。明日は学校に行くと言うし、午後は会社に行くという。

「大丈夫です」

「いいや、休もう。俺も明日はバイトだし」

葬式以来、なんだかんだとずっとせわしくしてきた。休みの日も引っ越しだとか買い物だとか、ギャラリーに付き合わせたりと、何の用事もない、だらだらと頭を休めるような日を得ていない。

「……わかりました。そうします」

「ああ。ちゃんと疲れを取ったほうが効率がいい」

「緒川さんも同じことを言います。歳《とし》を取って体力任せにできなくなってから後悔するんじゃなくて、今きちんと休む癖をつけろって」

「肝に刻んでおくよ」

笑顔からもだいぶんぎこちなさが取れた。休めば心配ないだろうと思いつつ、彼を部屋に送りこんでドアを閉める。

——キスがしたい。

はじめは好みだな、とくらいにしか思わなかった慧に、いつの間にか独占欲のようなものを抱きはじめている。彼を守りたい、彼に気持ちを傾けられたい。

慧が好きだ——。

四歳年下。しかも性的指向がわからない。そもそもあの様子では恋愛を理解しているかどうかもわからない。

部屋に戻った桂路は、机にしまっていた手帳を取り出した。

読まなければならないと思いながらも、なかなかページがめくれなかった。乱れてくる字が何を意味するのか、めくらなくても残りが少ないことがわかったからだ。

だが今日は縋《すが》るような気持ちで手帳を開いた。丸っこい兄の文字は、優しく桂路を迎えてくれる。

彼との生活はどうだろう。誰とでも暮らせるように、調えてきたつもりだけど、人間だからわからないよね。

社会に出ても良く生きられるようにと努力をしたが一番肝心なことを教えるのが間に合わなかったようだ。彼に足りないものを、お前は気づくだろうか。繊細で割と他人に気を遣うお前のことだから、きっと気づいてくれるだろう。続きはお前が教えてやってくれ。

彼にとって、桂路が支えになりますように。桂路にとって彼が光となりますように。

大好きな人の未来を見届けられないのは寂しいけれど、君たちの幸せを祈っている。

僕も楽しかったよ。もっと桂路と話したかったな。

じゃあね。

「……じゃあね、かよ」

これより先は白紙だった。震える日付は亡くなるたった数日前だ。

もしもこれが遺言とするならとてつもなく軽い、そしてとてつもなく重い。

ページを最後までめくっても、途中にも何も書かれていなかった。

もっと答えを書いてくれればいいのに。予言のように、導くように、取るべき選択を指し示してくれればいいのに。

「って、無理か、『未来』だもんな」

兄が見通せたのは、彼が亡くなるときまでだ。その後、サイコロの目のように偶然が重なって現われた運命を見透かすことはできない。

言ってみようか。「ずっと一緒にいないか」……と。

初めは保護欲だと思っていた。兄が残した頼りない人を、罪滅ぼしのように半端な労力で助け合えればなんて、気軽に考えていた。でも、慟哭する彼を見たとき、すでに慧に焦がれていたのだ。

あの必死さ、健気《けなげ》さ。そして不器用に、ひたむきに生きる美しさ。ああいうのがいいと思った。彼に微笑みかけられたとき、とっくに視線が彼に縫いつけられたのを、他でもない絵描きの自分は気づいていた。

欲望もある。やましい想像もした。駄目だと思うがもう手放せなかった。

でも、いきなり男に告白されたら引くと思う。せっかく得た信頼をそっくり嫌悪に変えてしまう可能性だって高い。

それでも騙《だま》してるよりいいよな。と、簡単に答えが転がり出る。

そのときは出て行けばいいだけだ。

笑えるくらい、明確に答えは並べられた。沸き上がるような衝動が腹の底で煮えているからだと桂路は思っている。

絵を描きたい。無性にキャンバスの前に立ちたい。縋るように、吐くように、この感情を表現したい。

――奥園さんの描きたいものって何でしょう。

これが答えなんだろう。これ以外にないんだろう。

そう思いながらアトリエに向かった。

月夜が差し込む広い部屋に、立てたイーゼルと張りっぱなしの白いキャンバスがある。

生まれるとはこういう感覚なのだろう。二度目の産声とはこういう衝動なのだろう。

描くものは決まっていた。印象的なうなじ、シャツの袖から覗く手首を、きれいに折りたたまれる薄い目蓋の際も、唇を包むパラフィン紙のような皮も、スケッチを取らなくとも角膜に焼きついていた。

他愛ない日常の、歩道の前の彼の横顔。そっと鼻筋を撫でる夕日。輪郭をきらめかせるうぶ毛の光も。

今度こそ選ぼう。踏み出そう。

結果がどうなっても、本能に似た衝動のままに。

桂路は鉛筆を取った。昇ったばかりの月が光源だ。


いつ話そう、と思いながら数日過ごした。アルバイトの他はアトリエに籠もりがちだ。慧はそれを不思議がるでもなく、淡々と日常を過ごしている。食材は相変わらず、宅配のセットを頼んでいる。これも慧がこのまま続けるか、自分と買い物に行くようにするか、そろそろ決めたほうがいい。

皿を洗い終わって明日の打ち合わせをする。明日慧は昼食前に出社して、ランチのミーティングに加わるそうだ。午後からも緒川の側《そば》にいるという。

明日はやめようか。そう思いながらタオルで手を拭いているとスマートフォンが震えはじめた。登録していない番号だ。だがこの携帯にかかってくる電話には出ることにしている。

「もしもし」

名前を名乗らずにいると、相手は男の声で「梅宮《うめみや》です」と言った。どちらの――？　と問い返しかけてはっと息を呑んだ。ななほし銀行頭取の梅宮だ。

梅宮は、新しく蔵本が持ち込んだ桂路の絵を買ったと言った。明日、蔵本から連絡が行くだろうとも言っていた。

「本当に……？」

最近描いた油彩だ。梅宮に評価されてから少し吹っ切れたような気分がして、描きかけにしていた絵を仕上げたのだった。畑の近景だ。汚れた白い長靴と、ほっこりとした黒い土。人参《にんじん》の朱《あか》と、葉の濃い緑。柔らかい土を踏んだ靴跡が手前にある絵だった。

彼は明るい声で言った。少し興奮しているようだった。

——外に向かう衝動というか、目的がはっきりしているのがいい。あっちに行きたい、触ってみたいと、見ている者にも思わせるいい絵だ。土が柔らかい。養分のある土だ。もう一点のほうも、あれは夏だな。空気の重さとか、色の濃さとか。間違いなく夏だった。

「あ……ありがとうございます。嬉しいです」

ため息をつきながら、ようやくそれだけ返事をした。

絵が売れると、能勢伝いに感想を貰えることがある。あるいはギャラリーの常連や、二枚目以降、絵を買ってくれる人からたまたま感想を聞くこともある。だがわざわざ電話をかけてきてくれるとは思わなかった。購入者から絵の感想を聞けることほど嬉しいことはない。どう思って自分の絵に金を払ったか、どれくらい気に入ってくれたのか、それを聞く機会は少ないからだ。

同じ絵はあるかと問われて、ないと答えた。モネにしろファン・ゴッホにしろ同じ題材の絵を百枚以上描く作家は多い。

その絵は生ものと割り切って描いた絵だ。同じ構想から題材を変えて何点か描いたが、素材と風景が同じものはない。

『また新しい絵を描いたらきっと見せてほしい』と言って、短い通話は切られた。突然頭を殴られたくらい、驚いた。そして嬉しかった。

呆然としたまま、桂路は手の中のスマートフォンを見下ろした。興奮でまだ手が震えている。

「まさか、あっちが評価されると思わなかった」

「新しく画廊に持ち込んだ油絵ですか？　僕はとてもいいように思いましたが」

「うん。何というか、気に入ってくれたって。よかった」

「はい。すごいことだと思います」

「なんだか嬉しいな。油彩のほうを評価されたことがないから。評価って言っても……あ」

自分で言って、思い出した。

「いくらで売れたか聞くのを忘れた」

梅宮は感想だけを述べて電話を切った。明日蔵本から連絡が来るのだろうし、梅宮自身は絵が気に入れば言い値を払う人のようだから、あまり高く買ってやったという感覚はないだろう。

スマホの画面に通知が浮かんでいた。メールだ。「購入がありました」というタイトル、蔵本からだ。

「本当に、あの絵が売れたみたい」

画面を慧にチラリと掲げた。

感心したように、慧は画面を見ている。

「桂路さんだけの居場所か。すごいな……」

ほっとしたように表情を緩め、微かに頰を赤くして呟く慧がきっかけだった。

「改めてなんだけど、こう……一緒にいないか」

考えていたことが、何の抵抗もなく口から零《こぼ》れた。

「飽きるまででいい。兄貴の遺言とかじゃなくて、慧の意志で決めてほしいんだ。家賃と光熱費は払うし、家事も半分負担するから」

自分を見る慧の目が呆然としているのに気づいて、桂路も我に返った。

「厚かましいこと言ってる？」

「いいえ。あの、でも、麒一郎さんが――」

慧は困惑顔で言い訳をするが、それは想定内だ。

「大丈夫。よかったら考えてみてくれ。まだ時間はあるから」

答えを出したいのは自分だけだ。彼にやりたいこと、好きなことを見つけるという条件に関しては、この先も無条件で付き合うつもりだ。だが自分がそうすることと、彼の側にいていいことは別の問題として考えなければならない。「契約書」の期限が切れたとき、自分たちはどこに存在を許されるのかまだ何も決まっていないのだ。

夕飯の片付けを最後まで終えて、なんとなく二人ともそそくさとリビングを出た。慧は部屋へ。自分はアトリエへ。

壁にかけたお気に入りの絵を見上げる。

「どうしよ、兄貴」

繋《つな》がっているようで、知らないことだらけだ。兄が少しずつ衰弱してゆくのも、慧を養育していたことも、社長室に自分の絵があったことも知らなかった。

もっとたくさん話せばよかった。今更後悔しても後の祭りだ。それにもし側にいたとして、ちゃんと心の内を打ち明けられたかどうかはわからない。実際家にいたときは、母とも兄ともわかり合えなかった。

あの絵をどういう気持ちで見てくれてたんだろう。構図は思い出せるが、技術的には今よりずいぶん拙いはずだ。それを兄はどういう想いで眺めていたのか。

絵に問いかければあの手帳に文字が増えたりしないだろうか。なんとなくオカルトじみたことを考えながら、桂路はメモ用に作業椅子の上に置いておいたコピー紙を一枚取り出した。二つ折りにして、スケッチ用の鉛筆で文字を書く。

伝えたい。訊《き》きたい。いくら生きていても口では尋ねられないことを、あの手帳のように、紙に乗せれば伝えられる気がする。

少し紙を見つめて、一息に書いた。

「恋愛として、君が好きです。

いきなり言われても困ると思うので、返事は夜に聞きます。

迷惑だったら鍵をかけておいて。俺の鍵は部屋の机に置いているので、後日新しい住所に荷物を送ってください」

これも卑怯《ひきょう》だろうか。慧に罪悪感を押しつけて、自分は逃亡するなんて。

「普通の暮らしって、何だろう……」

月光の中で、桂路は軽く天井を仰いだ。自分が与えられる「普通」はこんなものだ。兄貴はこんなものを望んだのだろうか。予言のように見通す彼が、こうなると思わなかったと言うわけなどないだろうに。


勢いはときに自分の心を殺すな、と、現場の昼休み、紙コップの麦茶を飲みながら虚《うつ》ろな目で桂路は考えた。しかも『夜の手紙』だ。最悪だ。

早朝、あの紙をリビングに置いてきた。慧がリビングに来る時間はかっきり決まっているから、それより前に家を出た。

厨二病、短縮版だ。あとで思い返すとめちゃめちゃ恥ずかしい。十代の話ならそういうものだと諦めもするが、この歳になって、やらかしすぎだ。

でも、じっくり考えても自分にはあれが必要だったと、白いコンクリートの角を這《は》う、蟻《あり》の行列を眺めながら桂路はため息をついた。

あそこで思い切らなかったら、慧の曖昧さに許されながらずるずると一年を迎えただろう。あるいは慧が好きで、下手に同居だから適切な距離を取りきれずに、最悪の事故を起こす。

やっぱりこれでよかった。……ちょっと恥ずかしいけど。

車庫の陰で休んでいると、社長がこちらに歩いてきた。昼休みに現場の様子を監督しに来たようだ。

隣に座るが、だいたい用件はわかる。

「本当に辞めちゃうの？　朝も言ったとおり、回数を減らして、予定が合うときだけ来てくれてもいいんだけど」

先週からアルバイトを辞める相談をしていて、今朝、正式にもうシフトには入れないと社長に告げた。

社員でも派遣でもないから、手続き上はそれで足りる。でも社長は桂路をずいぶん見込んでくれていて、時間が無いなら契約社員、その気があるなら正社員に採用してもいいと言ってくれた。ありがたい話だがそれでは困る。残業をしたら絵が描けない。展示会だからといって責任がある工事の途中で休むわけにはいかない。

「はい。もう少し足場を固めようと思って」

「次の職場はもう決まっているの？」

「いいえ、でもある程度当たりは付けてます。短時間雇用で、派遣ですが」

一日五時間、残業無し。少し不自由になるが最低限の収入を確保して、その代わりもうセミプロまがいのデザインの仕事は受けない。

「一回、ちゃんと絵と向き合ってみようと思うんです」

最近少し絵が売れたと言っても、たまたまかもしれない。次回売れる絵が描ける保証はない。それでもやってみたいのだ。絵を描きたい。身体の奥から泉のように湧く、その衝動に従って。

うん……、と残念そうに首を傾《かし》げた社長は、ゴルフで日焼けした顔の、厚めの唇を尖《とが》らせながら桂路を見た。

「絵を売ってよ。十万円くらいで」

「え？　わかんない、興味が無いって言ってたじゃないですか」

事務所に絵画は飾られているが、騙《かた》る気もない印刷もののゴッホの有名画だ。本物を購入したら数十億円以上する。

「どんなのがいいんですか？」

「何でもいいよ」

「はなむけだったら無理しないでください」

優しい社長だ。仕事には厳しいが人情に厚い。桂路が金がなくて働きに来ているのを知っているから、幾らかでも資金にしろと言ってくれるつもりなのか。

社長は年季の入ったジッポで煙草《たばこ》に火をつけた。

「いや？　本気で欲しいよ？　将来二億くらいになったらオークションに出すからさ」

桂路は笑った。本当に嬉しかった。はなむけよりもっと上等だ。桂路の未来に投資してくれると言うのだ。

「で、実際、奥園くんの絵はどれくらいで売れるの？」

と言った社長が、ふと顔を上げた。

ヘルメットの人が行き交う昼休みの現場に似つかわしくない、皺《しわ》一つ無い、グレーのスーツを着た青年が離れた場所に立っている。――慧、だ。思わず時計を見た。学校に行っているはずの時間だった。

「あの、鍵を届けに来たんですが」

こちらに近づいてきながら、深刻な顔で慧は言った。

「帰ってきてください、お願いです。話を聞かせてください」

「……いやほんと、あの人誰」

時々現場にスーツで現われる謎の青年。はじめに現場監督と会っているから、桂路の関係者であることは知られてしまったが、知人が建築に関心があって見学に来ていると言っておいた。社長の耳にも入っていたらしい。

「鍵を……！」と言って、手を掲げながら歩いてくる慧を知らん顔もできず、立ち上がれないまま、困りながら社長に説明する。

「兄貴の遺産って言うか、預かってる子どもって言うか――」

彼が何者か、ふさわしい言葉がみつからない。真っ青な顔をして、こっちに歩いてくる慧がそんな事実通り、よそよそしいものだろうか。

社長は信頼に足る人だった。もし絵のことがなければ本当にここで働きたいと思うくらいだ。視線で答えを求める社長に、いや、と言って桂路は照れ笑いを浮かべた。

「俺の好きな人です」


予定の時間まで働いていいかと言うと、慧は疑わしい目を向けてきた。これまで見たどの視線より厳しい目で「逃げませんか？」と訊かれたので逃げない、と答えた。信用がない、というか疑いレベルが低すぎる。

「絶対に帰ってきてください」

思い詰めた目で約束させたがる慧に何度も頷《うなず》いて、彼を先に帰した。「話したいから、弁当でもピザでもいい、飯を買って帰ってくれる？」と言うと、何か言いたそうにしたが黙って頷いた。今日届く食材のことを考えたのだろう。

終業まで働いて、みんなに挨拶をして事務所を去った。社長には後日また会いにくるが、彼らとはこれで最後だ。

着替えて、電車に乗った。その間もずっと同じ考えが巡っている。彼はあの手紙の意味がわかったのだろうか。哀れまれただろうか、それとも自分が出ていくことが兄の命令に背くことになると思って慌ててやって来たのだろうか。それとも、自分の気持ちが彼に届いたか。

例えば彼に好きだと言って――。

五百回くらいは考えた問いをもう一度繰る。理解した、そうしようと言われてそれを信じられるか？　自分がもし彼だったらどうだろう？

期待をかけすぎるな、と、自分を戒めながらシャワーのような街頭の灯りの下をくぐり、ふと顔を上げたときだ。

家に灯りがついていなかった。とっさにやっぱり、と思った。いや、彼が逃げたのならいい。もし家のどこかで倒れていたら？　家ならまだしも帰り着いていなかったら？　強盗に押し入られた可能性だってある。

そんな馬鹿なと思いながら走った。門に鍵はかかっていない。ドアには鍵がかかっていた。手に握りしめていた鍵をドアノブの上の鍵穴に差そうとするが滑って入らない。手が震えている？

ドアを開けた。靴があった。

「慧!?」と割と大きな声で奥に呼びかけると、物音がした。すぐに奥のドアが開く。壁に伸びる白い手が見えた。灯りがついた。奥から覗いたのは慧だ。

慧を凝視したまま、呆然とした。

「いないかと思った」

彼は驚きすぎている自分を見て、不思議そうな顔をした。

「……すみません、ちょっとぼんやりしていて」

無事ならよかった、と言ったら笑われるので、「遅くなってごめん」と断って先に風呂を使ってきた。バスタブの中でわかった。ナーバスなのだ。柄にもなく。

リビングに戻ると、慧はテーブルで何かの雑誌を読んでいた。テーブルの上には惣菜屋《そうざいや》の白いビニール袋が置かれている。上等そうな厚い袋でロゴもおしゃれだ。高級そうな雰囲気の折詰の箱は厚い。

「先に食わなかったの？」

「はい。考え事をしていたらこんな時間に」

「このお店、近所？」

「いいえ。電車に乗る前の駅地下です。緒川さんがお弁当を買ってこいと言ったときに使う店です」

彼なりの機転だろう。さすがに来客用の弁当が来るとは思わなかったが。

どこかそわそわと居場所がなさそうな彼を見て、ひとつ息をついた。

「先に話そうか」

食べながら、という内容にはならないだろう。想像以上に話が嚙《か》み合わなかったら飯どころではない。お茶でも淹《い》れて、と思ったら彼が言った。

「アトリエに、お邪魔しても、いいですか？」

「いいよ。何？　向こうで聞こうか？」

リビングを出ると慧が後ろについてくる。廊下を歩きながら訊く。

「考えてくれた？」

「はい」

「俺の答えを先に聞いてくれる？　兄貴が慧に『普通』を教えてくれって言った。そんなの簡単だって思った。普通の生活って言ったって、慧がこれまでやって来たことと大差ない。人によって幅があるだけだ」

桂路は突き当たりにあるアトリエのドアを開けた。油絵の具のにおいが零れだしてくる。

「普通のこと。兄貴には教えられなかったこと。兄貴には家族がいたから——誰かの唯一になること。本当の家族になること」

多分——これは確信であるが、もしも兄が本当に慧に普通の生活を教えようと考えるなら、相手に自分を選ばないだろう。兄は慧に家族を教えられなかった。群れの中に引き入れることには成功したが、番《つがい》が何か、わからせてやることができなかった。だから自分が選ばれたのだ。群れからも家からも外れてしまった自分。自分と彼の間だからこそ結び合える絆《きずな》がないかと。

「俺の伴侶に——家族にならないか？　俺の秘書より、いいと思うけど」

「桂路さん……」

「どうだろう？　答えは——」

明日でもいい、と言いかけたとき慧が頷いた。

「ちょっと待って。考えた？」

「はい。でもわからないことがあります。いいんですか？　僕で」

「慧が嫌じゃなかったら、お願いしたいんだけど」

「嫌じゃないです。本当に、僕でいいんですか？」

自分が帰宅するまでこれを考えていたのだろう。グラスの水も注いだまま、灯りもつけ忘れるほどに。

「うん。慧がいいよ。それで慧がアトリエで話したいことって、なに？」

「僕も、欲しいものが決まったんです。桂路さんが言う家族かどうかは、今すぐにはわからないけど、僕は、……ぼくは」

と言って目の前の手にすがりついた。

「——あなたが欲しい。どうしたら貰えますか？　どうやったら、あなたといっしょにいられますか？　お前など必要ないと言われたらもっと別の手段を考えます。緒川さんにも相談してみます」

「慧」

「それとも一つ」

慧は壁にかかっている、桂路が描いた絵を振り返った。

月夜で暗い。だが自分が描いた絵だから隅々まで覚えている。木立の中の、あの森の絵だ。

「ここに行きたい。これが僕の窓だと思いました」

「慧？」

「ごめんなさい。朝、桂路さんを捜して勝手にアトリエに入りました。でもこれを見つけたとき、これがいいと思ったんです。麒一郎さんが見ていた桂路さんの絵も緒川さんが見ていた名画も、僕のための窓じゃなかった。だからわからなかった」

一息にそこまで言って、慧はゆっくりと睫《まつげ》を伏せて、視線を落とした。

「以前『麒一郎さんが僕に言ったことの意味がわからない』と言いましたよね？」

「ああ」

「『死なないでと言う言葉が聞こえなくなった人間の、足を止めさせるのが絵だそうだよ』。麒一郎さんはそう言って、社長室のあなたの絵を見ていました。緒川さんも、美術館のとある一枚だけを見ていました。言葉の意味がわかっても、その意味がわからない。上手な絵だなとは思っていましたが、ずっと他人事《ひとごと》でした。でも、僕はこの絵に目を留めました」

「慧」

「この先へ進みたい。向こうの景色が見たい。ここに、桂路さんと行ってみたいです」

こんなところに？　と、思ったが、とてもいいことのような気がした。最終的な彼の望みがここでなくともこの窓を出て、探してゆけばいいのだ。桂路も改めてその絵を見た。気に入っていた絵だから、描いたときの記憶は鮮やかだ。

「ここは、登山をしたときに見つけたんだ。この向こうがどうなっているか知りたい？」

「いいえ。桂路さんと見に行きたいです」

「本当に？　けっこう山道だよ？　登りやすいけど、ハイキングよりはきついかも」

「ここがいいです。桂路さんが見た、ここがいい」

我《わ》が儘《まま》を言う子どものように、軽く髪を振って慧はまた絵を振り返った。

「あなたといっしょにここに行きたい。この窓の向こうを見てみたいんです――」

そう言う慧の目を見たとき、きっとこの向こうの景色を慧は気に入るだろうと桂路は思った。


「ベッドに行っていい？」と桂路は尋ねてみた。彼が拒んだり、違和感を覚えたら即座にやめようと思っていたが、彼は薄めの唇を結んで、こくん、と頷いた。

その目が熱っぽく潤んでいたからキスをした。彼が出口に選んだ自分の絵の前で。

月光が足元を照らす。唇を舐《な》め、口を開かせて舌を吸った。だんだん服にしがみついてくる手の力が強くなってくるのを感じて、そこで終わった。

手を引くと握り返してくるのが可愛《かわい》かった。

桂路の部屋に招く。間接照明まで、明るい飴色《あめいろ》の落ち着く部屋だ。慧は机の上に出しっぱなしにしていた、ノートと鉛筆、長めの定規に目を留めていたが、そのままベッドに案内した。

ベッドに一緒に座って、もう一度キスをした。今度は、舌を絡め合うような、深いキスだ。

「意味、ちゃんとわかってる……？」

こうまでしても彼は拒まないが、逆に不安になる。これから何が起こるか、この行為が何を示すか、わかっているだろうか。だが彼は唇を濡《ぬ》らしたまま、力強く答えた。

「勉強しました」

思わず息をついた。余計わからない。

理解していない可能性が高いと思いつつ、嫌がられたらやめようと思いながら唇を合わせる。唇を吸い、長いキスをする。ベッドに倒してもおとなしかったから、シャツをたくし上げて、首筋にキスをしながら、彼の薄い脇腹を撫でた。

頭の中が脈打っている。手のひらで撫でる慧の胸も割れそうなくらいドキドキしていた。彼の小さな乳首に指先で触れたとき理性が焼け切れそうになった。事故だけは起こすわけにはいかないと奥歯を噛みしめたとき、慧が背中を抱き返してきて感情を握り潰された気がした。

ギリギリの理性で囁く。

「間違ってたら今からでも言ってくれ。保護者にはなりたくないし、無理強いもしたくない。お前の真っ白さにつけ込みたくもない」

彼は愛情を欲しがっているだけかもしれない。好意を示す手段として堪えているだけかもしれない。

肩にかかった慧の手を握って、彼の視線を確かめながら囁いた。

「恋人になりたいんだ」

「恋——辞書では確か、『その対象にどうしようもないほど引きつけられ、しかも、満たされず苦しくつらい気持をいう』——(岩波国語辞典)」

「引いたのか」

「はい。知りたかったので。満たされても桂路さんが好きです。これは恋ではないのでしょうか」

「んー」

苦笑いになった。それがどうかは知らないが、辞書を引くこと自体は恋だ。桂路はベッドの上で服を乱した慧の身体を抱きしめて、キスをした。

「恋には色々あるから。でも合ってると思う」

深い呼吸も、桂路にまで伝わってくる鼓動も、服越しに湿ってくる身体も、恋だと思う。

布越しに性器に触れてみた。戸惑うような硬さだったがしっかり熱があった。手で撫で続けると、慧が困惑したように喘《あえ》ぐ。気持ちがよさそうだ。

桂路はベッドサイドに手を伸ばして、茶色の紙袋から水色のボトルを取り出した。中身を手に垂らし、濡れた手で、慧の下着の中に触れてみる。慧はびくりと身体をすくめたが抵抗はしなかった。すぐに体温に馴染《なじ》むジェルを、性器の奥に伸ばしてみる。

「いいのか？　こういう……抵抗感とか」

「よくわかりませんが、ないです」

「男前すぎてびっくりする。経験は？」

「ないです。見たことはありますが」

「どっちを？」

「公園で。男女が」

やっぱり彼の普通を推し量るのは不可能だ、と思いながら、さするように彼の身体を撫でると、彼は桂路にしがみついてきた。

「なんか……そういう行為があるなら、早くしたい、です」

「了解です。嬉しいよ」

もういいと、桂路は思った。出来合いの普通を捨てて、彼と二人でスタンダードをつくっていこう。

桂路が彼の、普段布に包まれた部分を空気にさらさせ、そこに触れてゆく。慧は緊張した面持ちながら身を任せてくれた。

「嫌だったら言って。痛かったときも言って」

「僕、我慢強いので」

「そこ我慢しないで」

「我慢したいです。絶対に」

「慧」

「欲しい、って、こういうことでしょう？」

泣きそうな顔で言われて、桂路は、ああ、と答えた。何を引き換えにしても彼が欲しい。得がたい瞬間だ。慧の欲情が孵化《ふか》してゆく夜を見る喜びを許されている。


桂路自身、これほど間近に人を感じたのはいつぶりだろうか。

「あ……、や、あ……っ、ああ。桂路、さ…」

彼の呼吸が耳元で聞こえる。首に回された腕の熱さ、声の甘さ。汗ばんだ肌が押し当てられると目蓋の裏が赤くなる。

初めての、彼の中は狭く、念入りに準備をしてみても快楽を得るためのセックスになりそうにない。抱き合っている間、あんなに熱かった彼の身体が痛みで冷えはじめる。全部重ねてしまうのは無理だ。

彼の奥底に分け入ってめちゃくちゃに掻《か》き回したい。身体の中で暴れ狂う欲望をねじ伏せて、彼を抱きしめた。

「今日はここまで。ありがとう、慧」

「だ……め」

首筋にしがみついた腕に力を込めながら、慧が湿った髪を振る。

「最後、までした……い」

「大丈夫……？」

「はい」

念入りに準備はしたから無理ではない。桂路が快楽と苦しさのバランスを取りたいだけだ。

「もっと……」

ほとんど動いていないというのに、興奮だけで汗がポタポタ落ちるくらい我慢しているのに、そんな空腹を訴えるような表情で煽《あお》られたら堪《こら》えようがない。

「じゃあ……少しだけ」

くれぐれも彼の様子を見ながら、と心に誓いながら、桂路はゆっくりと、軟らかい慧の身体の中に自分を沈めた。

狭く拙い粘膜の中に、目のくらむような情欲がうねっている。触れられただけで満足だと思う。確かに彼の中なのだと感じられる。

ゆっくりと浅い部分を擦《こす》っていると、彼が微かに兆すのがわかった。身体が熱くなり、中がぐっと締まってさざめく。

「桂路さ、ん……っ……」

「わかるよ」

幼い欲情を訴えてくる彼と、指を絡めてたくさんキスをした。身体中を撫で、これでいいのだと精いっぱい身体を開こうとする慧に満足を伝えた。

少しずつつくってゆこう。彼と新しい扉を開けよう。一人では開けられない扉に今、手をかけたのだから。

行為のあと慧を風呂に入れて、髪も洗ってやってリビングに連れてきた。落ち着けるようにナイトランプ以外の照明をつけていないが、灯り取りの窓から月光が差して室内はけっこう明るい。

冷蔵庫にスポーツドリンクを冷やしていたからそれをコップに入れて桂路はリビングに戻ってきた。ソファに座っているパジャマ姿の慧に渡す。

「……いつ、連れていってくれますか?」

吐息で荒れた声で、慧が訊く。

「夏くらいかな。冬は厳しい」

あの絵の場所は、北関東にあるハイキングの名所だ。初心者には厳しく、シーズン以外は難易度が高い。

「この絵を描いたのは？」

「それも夏だった」

大学を出る寸前の事だ。生活の憂いはなく、未来は明るいものだと信じている頃で、心が自由だった。

この森の向こうが見たかった。空があるのだという予感を信じて、きつい坂を心臓を滾《たぎ》らせながら登った。もう少しで何かが見える。その瞬間の絵だ。

今は木立がもっと重い物に見えるかもしれない。木陰は暗く、歩きにくく、森は深い気がするかもしれない。

でも森が終わったそこには、明るい空が広がっていた。

慧は自分で見るというけれど、きっとそうしたほうがいい。

実際のところ、あの森の向こうは崖だった。遠い昔、地滑りがあった場所で、深い森が突然空で断ち切られている。

それを見たとき、子どもの頃のように絵を描きたいと思った。誰のためでもなく、評価がどうでも、褒められても褒められなくても、この驚きと息を呑《の》むような景観を、どうしてもキャンバスに焼きつけたい。

「楽しみです」

掠《かす》れた声でそういう慧の向かいに桂路は座った。

「ねえ、もう一つチャレンジしていいかな」

そのときと今同じくらい、描きたいものがある。

「お前の絵を、描いてみたいんだけど」


最近、朝のプレートに、目玉焼き以外のものが載るようになってきた。

「うん……これは……」

見た目では卵焼きか、オムレツか判別できない料理だ。まとめようとした形跡が見られるので、多分スクランブルエッグではない……はず、だ。

「巻き方のコツ、だいぶんわかってきた気がします。味は、ちゃんと計量しましたから、美味《おい》しいはずです。少し、焦げましたけど」

満足そうな慧が、カウンター越しに二皿目の卵料理を差し出す。

「いい感じじゃないか、卵焼き」

「オムレツです」

「ごめん」

料理の腕前はこの通りだが、うまくできないのも楽しいことを慧に伝えられたら成功だ。

あれから慧は卒業の見込みが立ち、最近はほとんど会社に出社している。仕草までも緒川に似てきて、時々笑いを噛み殺すことがあった。桂路も短時間の仕事が決まり、午後三時過ぎまで働いて、夕方から夜まで絵を描くという生活だ。普段朝食は桂路の担当なのだが、卵焼きを焼いてみせると、自分も作れるようになりたいと言うから卵焼きとオムレツを教えてみた。上《う》手《ま》くなるまで付き合うつもりだ。

最近慧は「試行錯誤」している。腕前は別だが、料理の出来具合を気にしている。行動に意図がある。学問が知識になる。習い性が実生活になる。

――今生まれてきたみたい。

はじめて二人で迎えた朝、慧はぽつりとそんなことを言った。何のことだろうと思ったが、あれから、あの絵の窓を通して彼の心の回路が外界と繋がる瞬間を、日々目の当たりにしている。

朝食の配膳が終わり、席に着いて「いただきます」と、手を合わせる。

慧はTシャツにジャージ姿だった。桂路が穿《は》いているジャージを見て、それは画家のユニフォームかと尋ねるから、違うと答えた。確かに兄も緒川もジャージとは縁遠そうだ。慧は大学でクラブ活動もしていない。通販で買って、一昨日《おととい》届いた。早速穿いているようだ。

「ジャージ、どう?　似合うじゃん」

「楽すぎて、スーツに戻れなくなりそうです」

「そんなことになったら、俺が緒川さんに怒られる」

　会社から内定が出たそうだ。二次面接まで上がってきたらピックアップすることになってい
たが、一応大手企業なので結構狭き門だ。緒川から連絡があるまで数日間は青い顔をしていた。

縁故採用ではあるが、ＳＰＩはかなりのハイスコアになるまで勉強させられたと言っていた。

「入社したら、緒川さんの部下？」

「はい。でも業務に差し支えない程度に、桂路さんのマネージメントも行なっていいそうです」

「まあマネージャーが要るような画家じゃないけど」

「がんばりますから。任せてください」

　そう言う瞳がキラキラしている。画廊や梅宮とも時々連絡を取っているようで、なぜか画廊
から、桂路ではなく慧のところに「奥園くんの次の作品を預かりたいんだけど」と連絡が来る
のだった。

「しばらくは暇でたまんないぞ？」

「することはいっぱいあると思います」

「鬼マネージャーになりそうだ」

　緒川直伝のマネージメント能力だ。頼りになるが、多分厳しい。

　慧のつくったオムレツは、ぐしゃぐしゃだったが味はよかった。桂路は普通のフライパンで

オムレツをつくれるが、彼が今後もつくりたいというなら、オムレツ用の小さいフライパンを買うべきかもしれない。

　今の生活になってから、絵を描く時間はだいぶん増えた。写生にいく時間も増えたし、油彩だけを描き続けられるので調子の波がない。そうなると不思議なもので、アクリルよりも油彩のほうが売り上げが伸びてきた。能勢曰《いわ》く、お客さんはエスパー、ということだ。何も言わなくてもその絵に込められた熱量が見えるらしい。

　オムレツにケチャップでハートを描いていると、慧が深刻な目でそれを見ている。こういうものなのだと説明しようとしたとき、桂路の尻ポケットでスマートフォンが震えはじめた。

「出てもいい？」

　画面の表示は能勢だ。

「どうぞ」

　開店にはまだずいぶん早いな、と思いながら通話ボタンをスワイプする。

　朝の挨拶を交わすと、能勢はいきなり切り出した。

　——こないだの個展、場所を移動して呼ばれてるけどどうする？

「行きます。リバイバルですか？　嬉しいな」

　別名「買いやすい値段の作家の展示会」だが売れ行きがよかったと聞いている。そういう展示会にはお客が来やすいので、同じラインナップで比較的空いていそうなシーズンに、努めて多くギャラリーを開いてくれるのだ。

――いや、セレクト。京都《きょうと》のギャラリーSANADAから。うちで今年個展をしてくれた人の中から、真田《さなだ》さんが今後推しにしたい作家さんだけ三人。

蔵本にひけを取らない京都の老舗画廊だ。能勢の師匠でもあるらしく、若手を売り出すことにも熱心だ。

――あの人物画がいいって。あの様子じゃね、真田さんの超ご贔屓《ひいき》が買わなかったら真田さん、自分で買うね。僕だって欲しかったもん。まあ僕はまた君にお願いすればいいわけだけれど。

ここ二月ほど慧を描いている。左斜め後ろから、この庭の緑と一緒に。初めの作品はどうしても手放したくなくて、アトリエに置いてあるのだが、次の作品は能勢に預けた。普段はあまり人物画を買わないギャラリーのお得意様が買ってくれたそうだ。

「ホントですか?」

――約束されたようなもんじゃん。うちも鼻が高いよ。

「わかりました。光栄です。是非お願いします」

嬉しい連絡を、フォークを持ったまま期待いっぱいで楽しみにしている目の前の彼に、何と告げようか。

私の名前

欲しいものを言ってごらん？

小さい頃から何度も繰り返された。小さい頃と言っても八歳くらいのことだ。「ごはん」と答えた。その次は「静かなところ」と言った。いつも怒鳴られ、文句を言われ、問い詰められ、叩《たた》かれ、拾ったり、冷蔵庫の中の干からびたモノを剥がして食べたりしていた。ここ数日も、まともに食べたのは給食ぐらいだ。教科書を千切って食べるくらい、とてもおなかが空《す》いていた。数分後に「どうぞ」と駅の地下街の、ウィンドウにあるようなハンバーグが出てきたときは「これは夢だな」と思った。同じ長さに切られたほうれん草と、ぴかぴかのトウモロコシの粒、ハンバーガーショップの細い棒状のじゃない、櫛形《くしがた》に切られて焦げ目がついたポテトフライ。いかにも見本サンプルみたいで、多分このテカテカのソースがかかったハンバーグも、かじったら中は真っ白で、石けんみたいな味がするような気がした。夢なら夢でいいし、と思った記憶もある。どうせ夢なら夢の中でくらいおなかいっぱいになりたい。もし自分の気持ちでこのハンバーグの味が変化するなら信じようと思った。これは本物、これは本物。そう念じながらかじりついたハンバーグは、ビニール袋に入ったアレとはまったく別の味がした。ハンバーグというより肉の味だ。塩味じゃなくて、鼻の裏が温かくなるような不思議な香りがした。見た目と味が伴わないのに混乱しながら、とにかく食べた。目の前でニコニコしなら泣いてる人が誰かはわからないが、今食べないと次いつ食べられるかわからない。もし、このハンバーグの代金を払えと言われるとしても、もう何回も食べてしまったから、今やめたって払うのは同じ金額だ。

ごちそうさまの代わりにごめんなさいと言った。妙に冷静で、テーブルに敷かれた白い布の布目がよく見えた。カップじゃなくて深皿に出されたコーンスープのお金だって多分払えない。学校を辞めて働くのか、また警察に戻るのか。考えていると風呂に入れられて、ベッドに寝ろと言う。もしかして少し太らせて内臓を売るのかな、と考えてもあまり怖くなかった。おなかを切ったらハンバーグが出るのが恥ずかしいなと思った。

翌朝、テーブルの上にキラキラ光るような食べものが載った白い皿が並んでいて、それをおじいさんのような人が一緒に食べようと言った。内臓を売るためにはやっぱり太らないとダメなのか。そんなことを考えながらふりかけの木の粉みたいなヤツじゃない鮭《しゃけ》と、乾燥してギシギシしていないネギが入った味噌汁《みそしる》を食べた。

家に帰らなくてもいいし、警察に行かなくてもいいと言う。学校にも行かなくていいと言われた。そしてまた「何か欲しいものはないか」と訊《き》かれた。

もうおなかはすいていないし、昨日はよく眠った。身体《からだ》をバラバラに切り刻まれる夢を見たが、痛くないのにほっとしながら朝まで寝ていた。それでも欲しいもの、と考えたらゲーム機が欲しい気がした。クラスで一番声が大きい滝本《たきもと》くんが持っていて、その周りの友達も持っていたから。そして女子たちもみんなその話をしていて、自分だけがわからなかったから。
でも本当にゲーム機が欲しいかと訊かれたら、違うと思う。ゲームで遊びたいとは思わなかったし、あまり興味もなかった。家でテレビを点《つ》けてゲームをする自分の姿は想像できない。そんなことをしたら親にまた蹴られたり殴られたり怒鳴られたりするから怖くて無理だ。ただ『ゲーム機を持っている』と言いたい。ゲームが好きだというチケットを持って、クラスのあの笑い声の中に混じりたかっただけだ。

困ったな、と思った。でもせっかく訊いてくれるのに何も言わないのは悪いと思ったので、「お水をください」と言った。食事の前からずっと、目の前に薄青色のグラスに入ったきれいな水が置いてあるのに今更気づいて、また恥ずかしくなったけれど、もう何も思いつかなくて、うつむいたまま、また「ごめんなさい」と言った。——それ以来、ずっと自分はその柔らかく、甘い問いかけに苦しむことになる。

何が欲しい？　何をしたい？　何になりたい？

食事があって眠れる。それ以外何もいらない。なりたいものなんてない。思いつかない。勉強はできないし、走るのも普通くらい。サッカー選手は誰かのスマホの中のことで、飛行機の操縦士だって、大学を出ないと無理だろう。自分の中に何もないのに、何に生まれ変われというのだろう？　今日の明日の明日のずっと向こうに何があるというのか。

何度も答えたが、そんなはずはないと彼らは言うのだ。本当だと繰り返したが、それもやがて歯を食いしばって呑《の》み込むことになる。

奥園麒一郎《おくぞのきいちろう》。

自分を警察から引き取り、この部屋に住まわせ、ごはんをくれる人の名をそう言った。家に戻らなくていい手続きを取ってくれて、友だちが住んでいるような部屋と、ドラマで見たような清潔なベッドをくれた。そして生活と教育をくれた。一度ではない、何年も、あの日からずっと、花に水を遣《や》るように、当たり前のようにずっと。

その恩人が、期待に目を輝かせて尋ねてくるのに、何もないと答えるのはあまりにも恩知らずだ。

探します、考えます。時間をください。

そう言って逃げ回った過去の自分を、鉄パイプで叩き回したい。

考えろよ、何か出ただろ？　必死さが足りないんだよ、彼が望む答えを絞り出せよ——。

嘘《うそ》でも何かを答えたかった。でも嘘をついたらバレるのがわかっていたから答えられなかった。

「何でもいいよ。言ってごらん、慧《さとし》」

点滴の痕で紫色になった手を伸ばしながら言う彼に、何も答えられない。

わかりません。わかりません。麒一郎さん。

僕は一生懸命探したんです。でも何も見つかりませんでした。僕は満たされています。あなたに拾ってもらって、教育もしてもらって、働けるようになりそうです。明日も明後日《あさって》も生きていられる。それ以上、僕に何を欲しがれって言うんですか。僕は幸せを感じています。僕はうれしさでいっぱいです。本当です、信じてください。

　心の底を裏返して見せたくなるくらい、本当に真摯にそう訴えるけれど、麒一郎は期待外れのような寂しい顔をする。

　何とかして探したかった。なにか彼の満足のいく望みを伝え、島とかロケットとかでも買えそうな彼のポケットマネーの中から、痛くもかゆくもないような金額を支払ってくれて、そしてそれに対して自分が感謝を伝え、彼の満足した顔を見たかった。でもそんなものは見つからない。たしかに彼が見せてくれたものは何でもびっくりするほど素晴らしかった。ヨットとか、乗馬の馬とか、美術館、テニス、ゴルフ、登山、バードウォッチングに行った。一夏しか生きないのに何百万もする巨大なカブトムシ、谷間の橋を渡る電車。どれも素敵だと思ったけれど、それらが欲しくなることはなかった。その頃にはゲーム機など欲しくなくなってしまったのに絶望を——大げさではない、本当に絶望を覚えた。あのときゲーム機が欲しいと答えていたら、今こんなことにはならなかったのか——。

　時間がない。時間がない。追い詰められてゆく。

　落ちる点滴の雫《しずく》が砂時計みたいだ。

　早く答えを。早く欲しいものを。彼が目を輝かせて「それにしよう」と言ってくれる何かを。のたうち回るくらい、毎晩考えた。大学の講義がまったく頭に入らないくらい考えて、何度か学校で吐いた。そうまでしても自分の中は空っぽだ。

何か。何か欲しいものを。ねだるだけでいい。実際それがもらえなくてもかまわないのだ。

彼は自分に、自分が欲しいものを与えたら満足する。それが最後の望みだとわかっている。

どうして自分はそんなこともできない――?

ゲーム機だと嘘をつきたい。ばれない嘘を思いつきたい。

――無理はしなくていいよ。

――欲しいものなんて、出されるまでわかんないものだ。

何でもよくない。そんなもの誠実じゃない。

苦しむ自分を慰めるように、彼は言った。

――そうだ。これでも埋めてみたらどうかな。なにか生えるかもしれない。

見かねたように側《そば》から掴《つか》み出されたものに、慧は首を振った。あなたに貰《もら》った物を埋めるなんてできない。土に埋めて見えなくすることは捨てるに等しいことだ。失うことだ。

それからも頭の芯がねじ切れるほど必死で考え続けたのに、無情に日々は過ぎ、彼に何も答えられないままに、永久《とわ》の別れとなった。


「……」

音楽が鳴っている。単調な弦楽器のような音で、明るく落ち着きのある、短いフレーズが繰り返されている。

何だろう、と慧は数秒それを聴いて、はっとスマホに手を伸ばした。

チカチカとスマホのふちが光り、黒い画面に時刻が浮かんでいる。いつも予定時刻の前に起きるから、ほとんどアラーム音を聞いたことがない。

急いで停止ボタンを押して、部屋を見渡した。

遮光カーテンの合わせ目から漏れる光が白い。

朝だ。誤作動じゃない。

改めてスマホで時間を確かめたが、アラームのかけ間違いでもなかった。

秋の爽やかな朝日だった。ひやりと肌に触れる空気が心地いい。

服を着ていないのに驚いた。目に飛び込む視界の違和感に、思わず室内を見回した。

見慣れた自分の寝室ではなく、壁紙が黄緑色と金色の菱形《ひしがた》模様で、飴色《あめいろ》の調度で整えられた――桂路《けいじ》の寝室だ。

そうか……。

頼りない心地で、ゆっくり自分の手で頬に触れてみた。昨夜、桂路とベッドを共にした。もう六回目くらいだろうか。行為にも大分慣れて、昨夜は桂路の手に優しく促されながら、桂路を奥に入れたまま射精した。

じわりと頭が熱くなるのに、額を抱える。

桂路とそうするときの自分は自分じゃないみたいだ。胸が壊れそうにドキドキして、信じられないくらい汗が流れる。喉からではなく、腰の奥のほうから声がせり上がってきて、唇から勝手に甘い音が漏れる。あんなに懸命であることなんてない。あんなに濃密に繋《つな》がったこともない。

思い出すとまた大きくなってくる心臓の音を呑み込むように唾を飲んで、慧はじっと目を閉じた。

暖かいシーツが手のひらの下でしわになっている。抱き合ったときの記憶は飛び飛びであるのに、いつ寝たのかも思い出せない。

まだ熱く腫れぼったい感じがする腰のあたりを気にしながら息をついたとき不意に、下腹に素肌の腕を回された。筋張った、長い腕だ。夏の間にずいぶん日焼けをしたから自分の下腹よりも肌の色がだいぶん濃い。

「もう起きるの……？　土曜だよ？」

掠《かす》れた声が、そのまま慧の腰に唇を押し当ててくる。寝癖で髪がぐちゃぐちゃの桂路だ。

「すみません。起こしましたね。朝ご飯、つくってきます」

恐る恐る彼の癖毛に触れると、抱き寄せる腕の力が強くなる。

「もうちょっといいだろ？　おいで」

「でも」

「ちょっとだけ」

額を腰にぐりぐり擦《こす》りつけられて甘えられると、胸の奥が甘く痛む。

「……はい」

広げられた腕に、そろそろと収まると抱きしめてくれる。彼のにおいが自分を包む。重なってくる体温をそっと抱き返した。

「慧……」

守るような重みが自分に重なった。大切に素肌を抱かれる。生まれて初めて得る、甘やかな時間だ。

――欲しいものを、やりたいことを見つけなさい。

悲しい夢に、今は少しだけ穏やかに答えられる。

桂路さんを見つけました。麒一郎さん。

こういうものだろうか。いや、きっとそうに違いない。

彼と過ごしたい。彼の役に立ちたい。桂路と過ごしはじめて心の奥に確かな温かさが灯《とも》っているのを感じている。

見ていてください、麒一郎さん。

桂路と暮らし、彼の役に立つ。それはきっと麒一郎への恩返しにもなるはずだ。

そう思うと、少し落ち着いた心地がする。

桂路と懸命に生きること。それが自分の望みで、そして未来だ。

最近いいことずくめだと、慧は思っていた。

麒一郎が亡くなったとき、本当にもうこの世の終わりだと思っていた。自分にはもうこれっきり嬉《うれ》しいことなどない。今自分が生きているのだって、麒一郎がよく働いて、長生きをしなさいと言ったからだ。健康で会社のために働くことだけが恩返しの手段だと思っていた。そして彼が「僕の弟の桂路がよく生きられるよう、手助けをしてやってくれ」と言ったから。

もし、桂路が事故や病気で亡くなったら、そのときは麒一郎のお墓に謝りに行って命を絶とうと思っていた。

昔から、自分は空気でできている錯覚を慧は持っていた。そんなわけはないと頭ではわかっていても、感覚的なところはどうにもならない。殴られても痛くない、いてもいなくても変わらない。半透明であまり人から見えない。あるいは灰だと思っていた。人の形の薄皮が破れたら、地面にまき散らされ風に吹かれて消えてしまう。

麒一郎は自分を助けてくれたあともずっとずっと、そんなことはない、君にもきっと幸せは見つかると言い続けてくれた。彼と過ごす日々こそが幸せだった。それを失ったとき、仕事と桂路が残った。

義務とか、無償で育ててもらった恩とか、代償とか、そんな気分で桂路と生活を始めたが、慧の想像とは少し違っていた。穏やかで、小さな驚きの連続で、桂路はよく笑う人で、部屋に籠もったかと思ったら、びっくりするような鮮やかな絵を手にして出てくる。

抱き寄せられたときに感じる、彼の身体に染みついた油彩油のにおい。頰に感じる短い髭《ひげ》の感触。恥ずかしくなるような腕の太さや硬さの違い。

自分の働きで幸運が舞い込んだと喜んでくれる桂路を見ていると、慧も嬉しくなった。これが麒一郎が言っていた幸せだろうかと想像した。そうだったら自分は答えを得たことになる。

麒一郎が、天国から見ていてくれる。彼が自分に勇気を与え、運がいい方向に導いてくれる。桂路もそうだ。麒一郎は彼をとても心配していたから、自分と同じように、見えなくなった麒一郎が、桂路を彼の実力にふさわしい場所に連れていってくれているのだと思っていた。

昼食を食べて、桂路がカフェラテを淹《い》れてくれた。彼は最近近所のカフェでバイトを始めた。週三回で、土日が休み。朝出勤して、ランチの始末が終わる午後三時頃に帰ってくる。『そのうちラテアートを習ってくるから楽しみにしてくれ』と言っていた。

白いカップに、漂白剤のスプレーを吹いて洗ったあと、アトリエに移動する。部屋の東側だ。庭に面した部屋で、部屋角にもガラス壁が一面取られている。昔はサンルームだったとのことだ。とにかくよく光が入る部屋で、壁に立てかけている油彩の表面が、海面のようにキラキラ光っている。

秋のアトリエはひどく心地のいい部屋だった。夏を生き延びた庭木がさらさらとそよぎ、磨かれた木の床に光を揺らす。緑一色だった窓の向こうに、赤や黄色い葉が混じり、窓自体がステンドグラスか絵画のようだ。

桂路が来る前は、ただやたら光が入るだけのこの部屋が苦手で、カーテンを閉めて空き部屋にしていた。桂路に言うと勿体《もったい》ない、と驚いたが、今では自分もそう思う。

床には無造作にイーゼルが立てられ、描きかけの風景画が置かれている。壁にはキャンバスを張る前の木枠が重ねて立てかけられている。ブルーシートの上には新聞が広げられ、コンテナにたくさんの絵の具チューブが立っている。画材が載った机と、いつの間にか本で埋まっている作り付けの本棚。すっかりテレピン油のにおいが染みついてしまった部屋はなかなかの油臭だ。換気をしたら平気だと言う慧の言葉を信じてくれて、今もあちこち窓を開けてくれている。

風が入り、時折木がざわめく音がする。この部屋自体が何らかの絵画のようだ。

以前から、会社と大学は土日休みだったが、こんなにゆっくりしていただろうか。

やたら長閑《のどか》だ。

桂路は絵を描いているとき、よくラジオを流している。曲の終わりに曲名を告げるだけの、古い英語の曲を流している番組だった。今流れているのも、土曜の午後らしいゆったりとした曲だ。

「このラジオは、何という番組ですか?」

キャンバスに向かって、1・5メートルくらいの場所に置かれたスツールに座っていた慧は尋ねた。モデルになってくれと言われた。これまでに何点も、桂路は自分の絵を描いてくれた。今回は前に描いてくれたのとは別のコンセプトで、自分の絵を描きたいのだそうだ。自分の『直感』の先、『作品』になるような絵を描きたいと言った。

もちろんOKして、スーツに着替えましょうか? と尋ねたのだが、いつもの綿の長袖Tシャツとズボン姿でいいと言われた。足も板間に素足だ。ポーズを取るわけでもなく、動くなとも言われず、ただ所在なく、ぽつんと座っている。

桂路は半袖Tシャツに裸足《はだし》だった。まだデッサンだから、エプロンをかけないらしい。

「何だったかな。お気に入りに登録してるだけだから番組名はわかんないや。実はラジオでもない」

「そうなんですか?」

「本当はリアルタイム放送もやってるんだけど、タイムフリーのネット配信。いつでも再生できるヤツ」

「そうなんですね」

桂路は自身のことを「おじさん」と言ったことがあるけれど、桂路のほうがよほど新しい仕組みを知っている。慧の仕事や勉強にも、インターネットは欠かせないが、アプリの操作法やスキルが上達するばかりで、生活そのもののような便利な利用法を知らない。

「その情報は、どこで?」

「ラジオの配信のこと?」

「そうです」

「これは……誰に聞いたんだっけな。そうだ。建具屋の恒市《こういち》さん。店の裏で工作作業するとき音楽を流すんだけど、有線からこれにしたって。無料だしね」

「僕もそういう情報が欲しいんですが」

「メディア関係に興味があるの?」

「いえ、生活の役に立つ、活《い》きた情報です」

それを桂路さんより早く。という部分は呑み込んだ。

「うーん、そうね」

鉛筆をトレーのものと取り替えながら彼は首を傾《かし》げた。

「人と会うことじゃない?　こうやって話すの」

「いえ、もっと、……他のルートで」

桂路より早く知りたいのだから、桂路に情報を貰っては間に合わない。桂路は、慧を見ながら細かく鉛筆を動かしている。

「緒川《おがわ》さんは?　あの人何でも知ってそうだけど」

「どうでしょう。確かに何でもご存じですが、会社の役に立たないことにはあまり興味がない方ですので」

「あー、そうかも。仕事で必要か、有用だって裏付けが取れたあとにしか採用しない感じ」

「そうです」

まさにそれ、と思いながら慧は頷《うなず》く。必要がないものは情報を蓄積するに留まって基本的には手を伸ばさない。新しいものは誰かが試しているのを確認してから導入するタイプだ。

「桂路さんは、緒川さんとは普段、お付き合いがあるのですか?」

「いやあ、個人的にはぜんぜん。家がらみのことだけね。だいたい怒られてるか、嫌み言われてる」

自分が何年もかかって理解したことを、桂路はたったそれだけで理解してみせる。しかもかなり核心を突いている。

桂路はちらちらと目の端でこちらを見ては、キャンバスに線を引く。

「人に会うってことは、自分の中に何か積んでいくこと。良いことも悪い感情も情報も。人にはたくさん会ったほうがいいってのが俺の方針」

「はい。緒川さんもそう言いました」

「そう、俺には『人生修行のつもりでお目に掛かってます』って言った」

「うちの緒川が、申し訳ありません」

　同じ言葉を緒川から聞いたことがある。麒一郎の弟とは思えないふらついた弟。糸の切れた凧《たこ》。社会に出てもう何年にもなるのに夢を見続ける坊《ボン》ちゃん《ボン》。――と、緒川なら桂路に直接言っていそうだ。

「いや、緒川さんのそういうところ好きよ？　そのくらい遠慮なく口にしてくれたら、陰で叩く悪口が残ってないでしょ？」

　桂路は軽やかに笑い飛ばして、キャンバスに鉛筆で少し線を引いてからまた、鉛筆の中程を手で弄《もてあそ》びはじめる。

「兄貴もラジオ、聞いてたでしょ」

「いえ、麒一郎さんは特に。ただお車で移動なさるときは何でもいいからラジオを掛けてくれと仰《おっしゃ》っていました」

「へえ、そうなんだ。昔はよく真夜中に聴いてたよ。それでさ、昔、五歳くらいの頃、俺は兄貴が何を聴いてるのか知りたくて、兄貴の部屋のドアに、耳をくっつけに行ったの」

「夜中に？」

「そう、兄貴の部屋は二階で、気配を殺して、こうやって」

　キャンバスをドアに見立て、両手を当てて右耳を当てる動作をしてみせる。

「何だったと思う？」

「中森明菜《なかもりあきな》さんの歌、ですか？」

「残念ハズレ。ラジオのつまみをデタラメに回すと、ピー、ガガガガ、シューって音がするでしょ？　ときどき外国語が入ってきたり」

「それを聞いてらしたのですか？」

「俺もまさかと思ってさ。兄貴、勉強しすぎておかしくなったんじゃないかって。それである日、勇気を出して、兄貴に訊いたの」

「そしたら？」

「宇宙と交信してたんだって」

「えっ……？」

「そのときは、そうだったんだー！　ってすっごく納得してほっとしたけど、今思うとちょっとヤバイよね」

桂路はリラックスした様子で笑う。桂路の話に少し戸惑いながら、そうしている若い麒一郎と幼い桂路のことを想像して、慧も少し笑った。

庭木越しの日差しが明るく入る、昼下がりのアトリエだ。秋にしたって日中はどうにかすると汗ばむほどで、今日のような湿度の低い日は、ずっとこんな気温が続けばいいと思うくらい気持ちがいい。

雑談をしながらのんびり腰掛けていたら眠気が差してくる。昨夜、眠りについたのは真夜中だった。身体のケアをしてくれる桂路に身を任せながら、最後に時計を見たのは午前……三時前だったか――。

「眠いんだろ？　早起きするからだ。休みくらいゆっくりしとけばいいのに」

見透かしたように桂路が笑う。

「暖かくて気持ちがいいので、少しだけ」

自分にこんな時間が訪れるとは思わなかった。働けて、ご飯が食べられて、信じがたいことに恋人がいて、一緒に住んでる。

桂路と微笑《ほほえ》みを交わし、身じろぎをして慧は座り直した。

流れている古い曲には心当たりがあった。カーペンターズの「I won't last a day without you」だ。麒一郎がこの曲のことについて話したので、メモを取って調べたことがある。

――When you're near, my love《あなたがそばにいてくれたら》
――したいことは何だろう？

眠気と思い出が混じったとき、ふと鮮明に麒一郎の声が耳に蘇《よみがえ》った。はっとして顔を上げると、桂路はまた自分を見て笑った。

「昼寝する？」

「昼寝の習慣がありません」

「じゃあ今日からやろう。でも、もう少しいい？」

「はい」

自分が座り直すと桂路は鉛筆を持つけれど、なかなか集中して描こうとしない。何本か線を引いては鉛筆を変えたり、こんな風に雑談をしたりだ。キャンバスを見なくてもわかる。多分ほとんど何も描かれていない。

「僕は描きにくいですか?」

「そうでもないと思う」

「あまり気が進まないとか」

「やる気は溢《あふ》れそうなんだけど」

桂路は軽く肩をすくめると、観念したように鉛筆をトレーに戻した。

「スケッチの時間なんて、本当は、十五分とかでもいいんだけど……決めきれなくて」

桂路は困ったように癖毛の黒髪をわしわし掻《か》くと、また元ののんびりした笑顔に戻った。

「慧と話をしてみようかな、なんて」

「……はあ。僕でよろしければ、いつだって」

話すのはかまわないが、絵は、描かなくていいのだろうか。

† † †

食堂の、慧の机向かいに緒川というスーツ姿の男が座っている。短髪、眼鏡、年齢は四十四歳だ。一重でやや三白眼、色の濃いスーツに埃《ほこり》一つなく、スマートな腕時計を付けている。彼は、都内の女子大監修の生姜《しょうが》焼き定食が載った、つるつる白い、テーブルの前に座っている。

「ラジオのＷＥＢ配信をご存じですか？」と尋ねると「我が社に導入の予定はありませんので詳しくは存じません」と、桂路の予想通りの答えが返ってきた。彼が「案件ですか？」と訊くので、「いいえ」と答えた。

　ずっと昔、この人を忍者だと思っていた。

　なんでも知っていて、芝居の台本でも持っているかのようにスラスラと人に指示をやり、拾うように簡単に必要なものを集め、いらないものはハサミのようにどんどん切り捨て、よいものだけを分けて人に与えてゆく。それは成果として彼の手の中に戻ってきて、あっという間に初めよりも何倍も大きな塊になる。どうやったらそんなことができるのかと秘密を尋ねたら、彼は答えた。

　――勉強と経験と下準備です。

　生まれでも才能でもなく、彼自身の積み重ねであると聞いたから、慧は今も努力し続けられる。もしあのとき彼が生まれつきの才能や幼児教育と答えていたら、自分には試すまでもなくまったく無理だと思っただろうからだ。

　しかし、この人をよく知っても彼はやはり忍者で、正体は秘書だと分かったが、秘書は忍者だと認識を新たにしただけだった。秘書とはとにかく努力と勉強、執拗《しつよう》なまでに念入りな支度が大事で、つまり自分は忍者の修業をしているわけだ。

忍者は、だいたい何でも知っている。しかも桂路のことについては、自分以上によく知っているのだった。

混雑時間を大きく過ぎた社食は、人もまばらだ。大理石模様の広いフロアはがらんと明るく、窓のブラインドも上げられている。列を仕切るフェイクグリーンのスクリーンの向こうにも、もう人影はない。

箸をトレーに戻し、「ところで」と慧は切り出した。

「ゲイとはつまり、どういうことでしょう」

「男性が同性を好きなことですね。桂路さんはゲイだという自己申告を聞いています」

「はい。僕もそのようにうかがいました。それでは、桂路さんの相手が彼を好きになったら、それはゲイが完成ということですか？」

「いいえ、ゲイはそれぞれの性的指向ですから、相手がどうであろうと本人には関係ありません」

「……。質問を変更します。ゲイというのはどのような資格や基準を持ってゲイとなすのでしょう。他にもバイセクシャルやパンセクシュアルなど、男性を好きになるカテゴリがあるようですが」

調べたがよくわからなかった。男性を好きになる男性は同性愛者の類《たぐい》であるらしいが、その中にもいろんな分類があって、桂路と同じになるためにはどうなればいいのかがよくわからない。健康診断を受ければいいのか、何か検査のようなものがあるのか。証明書があるのか。届け出があるなら急がなければ。みんなはいつ判断しているのか。

「資格は特に必要ありません。本人がゲイだと思っていても、実際はバイだったこともありますし、逆もしかりです。非常に詳しくデリケートに己と向き合わなければ、己のことすら判明しないでしょう。他人を推し量ろうなどと言語道断です。ちなみに桂路さんがあなたにハラスメントを行っているのであれば、厳密に対処いたしますが」

「いいえ。恋人にしていただけるとのことです。その場合、その、性的指向を揃《そろ》えるべきなのでしょうか。その場合、私の手続きはどのように？」

「ちなみにあなたには、およそ五年後を見越して、恋愛の兆候がなければ、しかるべき筋の女性と交際のセッティングをする予定があるのですが」

「状況が外れています。エスカレしてプランディングの変更をお願いします」

「この件においての最高責任者は私です。頼元《よりもと》さんには伝えておきましょう」

「ありがとうございます」

頼元とは元社員の老人で、麒一郎亡き後、慧の最終的な身元保証人だ。このように緒川が自分の実生活を管理し、彼が最終的に承認を下す。それが社会に出るまでの、自分の身柄だった。

緒川は、食べ方のお手本のように端から野菜と生姜焼きを美しく食べながら慧に言った。

「あなたには圧倒的に社会的経験が足りません。失礼ながら恋愛経験も豊富なようには見受けられませんが？」

「これから勉強するつもりです」

「あなたの空白に、桂路さんがつけ込んでいるだけでは？」

「桂路さんはそんな人ではありません」

「詐欺師に騙《だま》された人は大体そう言います」

「桂路さんは詐欺師ではありません」

「失礼。詐欺師は言い過ぎですね。でも、桂路さんはおやめになったほうがいいですよ？」

「……」

理由は聞くまでもないだろう。男だから、緒川の基準で収入が不安定だから。奥園の家との関係もある。桂路は奥園家とは縁が切れたと言うが、リスクマネジメントの視点から、奥園家の関係者が身元のよくない相手《じぶん》と、恋人として同じ家に住んでいる事実はないほうがいいのはわかっている。

「やめません」

これらはすべて、桂路に確認済みだ。

——やー。起こりうる問題はすでに起こしちゃってるからさ。

かつて母親に男性の恋人を紹介して大揉《おおも》めして家を飛び出し、画材を抱えて公園で眠ったこともあるし、親族内ではぞうきん扱いだと言って笑っていた。むしろ慧の出世に関わるのでは？　と尋ねてきたが、それこそ些末事《さまつじ》だ。どんな環境でもいい、自分は麒一郎に恩を返すために働くだけだ。桂路と寄り添うことで出世の道が絶たれるなら、麒一郎はきっとそれを許してくれる。

緒川は、ビタミンが溶けてそうな黄色いお茶が溜《た》まったメラミンの湯飲みに手を伸ばし、一口飲んだ。

「あなたのことは、私が一番よく知っています」

緒川の言葉に反論はない。野良犬の子のようだった自分が貰われてきた日から緒川は自分を見ている。頼元と共に世話を焼いてくれ、社会人としての生活や仕事を教えてくれたのも緒川だ。礼の仕方、口の利き方、靴の脱ぎ方、箸の持ち方、名刺の出し方、実の両親よりも親らしい。今の保坂慧《ほさか》の形をつくってくれたのはこの緒川に他ならない。

「あなたはまだ、中身が未完成です。私では教えられなかったことを、あなたが自分で学んだようには思えない」

「確かに未熟です。しかし人とのお付き合いなら問題ないと考えています」

「ではプライベートのお話を伺っても？　差し支えなかったら、友人ができたら紹介してくださいとお願いしましたね？」

「まだいませんので」

「ご近所とのお付き合いは？」

「今のところ必要が発生していません」

緒川のため息はぬるい。

「未来の社員として、後輩として、あなたは非常に優秀です。大学に行き、社内で仕事を学ぶ。その過程で自動的に友人や付き合いが増えるだろうと思っていましたが、私の把握するところでは未《いま》だその気配がないようです。違っていますか？」

「……違っていません」

自分が周りと違っているのはわかっている。大学に行っても友達ができない。社内で飲みに行こうと誘い合う社員を見ても、そこに自分が該当するとは思えない。小学生の頃からこうだ。ゲームをしようと誘い合う友達を眺め、自分もいずれああなるだろうというぼんやりした期待を持ったまま二十二歳になってしまった。そうならなかった原因も判明せず、今後改善される見通しも立っていない。だって必要性を感じていないのだ。

緒川は問い詰めるのではなく、心配そうに言った。

「あなたは自分がどうなりたいか、わかっていますか？」


スケッチからちょうど一週間後、桂路が絵が出来上がったと言った。

「あっ、本当だ。僕ですね！」

キャンバスの正面に立って、慧は声を上げた。

軽く窓を眺めている自分の横顔だ。鏡で自分の顔をあまりまじまじと見るほうではないのだが、間違いなく自分だとわかる。筋が入った黒髪。緑越しの光を浴びた頰、ガラスの反射が瞳に映って輝いている。この間より絵の具がたっぷり盛られた、キラキラ光る、本格的な油彩だ。

「すごい。いつ描いたんですか？」

前回までの少し抽象的なスケッチ風の油彩ではなく、ものすごく精密な絵だ。風の音がしそうだ。自分ばかりじゃない、その周りも、あの土曜の午後の、ぬるい秋の空気ごと、お日様の香りがしそうだった。

隣で腰に手を当てている桂路が、うん、と腰を伸ばした。

「毎日少しずつ。本格的に仕上げたのは、四日くらい前かな？」

「画廊に持ち込むのでしょうか。アポをお取りしますか？」

きっとこの絵は売れる。会話の途中でカメラのシャッターを切ったような、自分を一瞬止めたような、写真のように鮮明な、素晴らしい絵だ。モデルが自分でなかったら100％の自信を持って売り込める絵だった。

高揚で踵《かかと》が浮きそうだ。身体が火照ってくるのを感じながら、ポケットからスマートフォンを取りだした。桂路が付き合いのある画廊は二つ。『MIHARU《ミハル》‐NOSE《ノセ》』画廊と、『蔵本《くらもと》純夫《すみお》ギャラリー』だ。どちらでもいいのなら能勢《のせ》のほうが桂路を高く評価してくれているが、蔵本のほうが画廊としての格が高いと聞いている。

　絵は値段を付けて初めて価値が出るということだから、蔵本のほうを選ぶべきだろうか、それとも画風の担当があるのだろうか。もっと絵画の売買について勉強しておけばよかったと、後悔しながら連絡先のアプリを開いたとき、となりでぽつりと桂路が呟《つぶや》いた。

「どうしようかな……」

「桂路さん」

　さあ売ろう！　という意気込みとはほど遠い、あまり気が進まなそうな声だ。

「今日はおやめになりますか？　後日がよろしいですか？」

「いや、何というか」

　桂路の答えは煮え切らない。

「持ち込みは保留、……いや」

「まだ描き加えられますか？」

「ううん、今のところここまで」

　絵はできたというのに売りたくない様子だ。もしかして、自信がないのだろうか。

「僭越《せんえつ》でしたらすみません。僕が言うのもなんですが、とてもよくできていると思います」

　写真よりいい顔だと思う。バイトのときに首から下げるＩＤカードの写真にこの絵を貼れるならどんな手続きだってしたい。

「……ありがとう。そうだな。一度持ち込んでみるよ」

「やはりモデルがダメですか？」

「まさか。美大の予備校に行ったらめちゃめちゃモテると思う」

返事は前向きだが、やはりあまり気乗りがしないようだ。だがいつまでもそれでぐずぐずしないのが桂路という人だった。

「よし。明日の夕方、能勢さんのところに行ってこよう。遅くなったら先に夕食を済ませてくれるか。ラインは入れるけど」

「もし、よかったらなんですが、明後日ではダメですか？」

「明後日？」

「僕もお供したいのですが」

今はまだなんの力にもならないが、桂路の仕事をなるべく知っておきたい。緒川は現場主義だ。覚えたい仕事にはなるべく同行して空気を学べと教えられている。目には見えない、だが確かな経験値がそこにはあると言う。

「かまわないけど……。思ったような返事がもらえなくても落胆しないでほしい」

「どういうことでしょうか」

「断られるとか、批判されるとか、ダメ出しを食らうとかね」

「そんなことありません。今までの中でもとても良い作品だと思っています」

桂路がこれまでつくってきた作品は、見られる範囲で全部見た。現物がないものは写真やデータも見せてもらった。桂路は驚くほどいろいろなイラストや絵画を描いていて、ほんとうにひとりで描いたのかと思うような多彩さだ。道具もデジタルイラストから、水彩、コラージュ、粘土まで手当たり次第という感じで、最近は油彩に力を入れているようだが、その中でも特によくできていると思う。――自分を描いてくれた、というひいき目もあるかもしれないが。

「だといいんだけどね。一生懸命描いたし」

「はい。嬉しいです」

誠実さは絵からも伝わってくる。眺めていると胸が温かくなってくる。

どれほどよく見ても、慧にはわからない。これの何がいけないというのだろう。桂路は何が気に入らないのだろう?

ギャラリー《MIHARU－NOSE》は、『画廊』と思って訪ねると少し驚く場所かもしれない。

やわらかい白と銀で統一された内装は、画廊というよりブティックで、シンプルで無駄なものがない。展示会以外には花も置かない主義のようで、モダンで直線的なデザインだが、不思議なことに安っぽさがない。

新しい絵をギャラリーに持ち込むと、能勢は大歓迎してくれた。

「うちに持って来てくれて嬉しいよ。早速拝見していい？」

少し太めの身体に、ブルーのシャツにサスペンダー。おしゃれなコメディアンのような出《い》で立《た》ちの能勢は、知っている中でも桂路の将来性をいちばん買ってくれていて、売り出そうと力を入れてくれている。

画廊を横切り、横にスライドする壁一面の大きなドアを開けるとそこは倉庫だ。様々なサイズの無数の額縁が並び、木槌《きづち》や巻いたキャンバス布などが置かれている。ここで画廊に飾るあらゆる絵が整えられる。いわば画廊の内臓だ。

能勢は、早速畳二畳ほどの大きなテーブルの上に桂路の絵をおいた。ジッパーを回して鞄《かばん》の前面を開けて、絵を取り出す。

能勢は、絵を見るなり目を見開いた。

「……すごくよく描けてるね。光がものすごく見えてる」

「ありがとうございます」

瞬きもせず、画面にのめり込みそうに、薄い凹凸のあるキャンバスを見ている。能勢は、納得したように何度も頷いたあと、顔をあげて桂路を見た。

「ほんと、奥園くん、こういうの上手だよね」

「ですよね」

奇妙な返答をする桂路の笑顔は苦い。能勢はまた感心したように絵を眺めながら言った。

「預けてみる？　売れると思うし、好きな人はいると思うけど」

「いえ、持って帰ります。作品的にはどうかと思いますが、俺にとっては大事な絵だから」

「そうねえ。愛情は溢れんばかりなんだけどねえ。ねえ、奥園くん、……と保坂さん、でしたね？」

高い頬をさらに盛り上げて、能勢は慧と桂路を交互に見た。

「は、はい」

「今度飯に行きましょう。やっぱりちゃんと保坂さんを紹介してよ」

「わかりました。是非に。よろしくお願いします」

「奥園くんも隅に置けないなあ。なーにが『俺はしばらく絵、一本でやっていきますから』だよ」

「絵、一本ですよ」

「こんなこと言ってますよ、保坂さん」

能勢は、拳を握って、殴れというジェスチャーをしながら、朗らかな笑顔で桂路の絵を、丁寧に鞄にしまっていく。

東京《とうきょう》に来て、外に出るようになってから一番驚いたのが、夜にたくさん人が歩いていることだ。街の光で明るいのは確かだが、こんなに多くの人が、こんな時間に昼間と同じように普通に歩いている。

濃い紫色が空の彼方《かなた》を覆っている。その下でおもちゃのように明滅する青信号を見ながら、周りの人といっしょに横断歩道前に溜まっている。

夜はもう寒い。コートがいるほどではないが、指先が冷たくなるくらいの気温だ。

桂路はポケットに手を入れ、ふう、と息を吐いた。少し控えめな声で、慧は桂路の横顔に問いかけた。

「僕とのこと、能勢さんに、話したんですか?」

自分と恋人になってくれたことをいつの間に能勢に伝えたのか。能勢に会うのは数度目だ。

『ちゃ、ちゃんと保坂さんを紹介してよ』の意味が、名前と役職を紹介してくれと言われているだけでないのは、さすがの慧にもわかる。

桂路は軽く信号を見上げた。

「いや、絵を見せる、って、そういうことだから」

「どこかにゲイとか、書いてるんですか?」

小さな声で尋ねると、桂路はぶっと吹き出した。そのあと短く笑って言い聞かせるように答えた。

「人物画だからね」

「人物画に描かれるということは、恋人になるということですか？」

「そういう場合もあるけど、それが条件なら宮廷画家は成り立たないだろう？」

「……そうですよね」

「好きな気持ちは、絵に出ちゃう。人物画じゃなくたって、恋をしてる画家の絵はだいたいわかる。ましてや俺に隠す気がないからもう、誰が見ても『この絵の作者は、このモデルを心底愛してるな』ってのが燦然《さんぜん》と光り輝いているわけで」

「そ……そうなんですか」

学ぶつもりで真面目に訊いているのに、頬がだんだん熱くなる。

目の前の信号が青になると同時に、背中に軽く触れられて、桂路といっしょに横断歩道に踏み出した。一斉に動く雑踏の流れに乗る。

緒川お気に入りの定食屋に行くことになった。もちろん緒川の許可を取ってだ。

「今日の絵、どうして持ち帰ったんですか？」

横断歩道を渡りきる頃、慧は思い切って切り出してみた。桂路は気乗りしなかったようだが、能勢は随分褒めてくれた。預かろうか？　とも言っていたのに、桂路は首を縦に振らなかった。

「そうね……。画家、奥園桂路の絵として出すのが得策かどうか、って感じ」

「わかりません」

「商品として、あまりよくないってこと」

「あんなによく描けているのに？」

「そりゃ一生懸命描いたから。売り物になる程度、一定のレベルはあると思うよ。でもプロの絵っていうのは、欲しがってもらわないと駄目なわけ」

「はい」

「誰かが買う、そしてその人が手放すときに、他の誰かが買うか。それが決まるのが作家性とか、個性とか魅力とかになるんだけど」

「素晴らしい絵でした。モデルが悪いからですか？」

上手《うま》いか下手かで言うなら、絶対的に上手い絵に入るだろう。いくら慧に専門知識がなくたって、そのくらいはわかる。

桂路は、穏やかなため息をついた。肩から提げている鞄の表面を、愛《いと》おしむように手で撫《な》でる。

「言っただろ？　モデルはいい。今描きたいのはお前で間違いない。俺も全力で描いた。妥協しなかった。現段階で直せるところはないって言い切れる。これは誠実に、丁寧に描いた絵なの。一筆だって手を抜いてない。今これ以上の絵が描けるとは思わない。……ただ、目的がない」

「わかりません」

「綺麗《きれい》にそっくりに描くだけなら写真でいいでしょ？　俺は何を考えてこの絵を描いたと思う？」

「ぼ……僕のことが、好き、だとか。大切、とか」

「大正解。でもそれだけだ」

「でも肖像画は重要です」

「まあ、需要がないわけじゃないけど――。社長室とかに、兄貴の写真あっただろ？」

「ありました」

ブルーバックにスーツの写真が額に入れられ、先代の社長の隣に飾られていた。いつも写真に目を留めるたび『左向きの顔を撮ってもらえばよかった』というのが麒一郎の口癖だった。

「つまりそういうこと。精巧に姿を残したいだけなら写真でいいんだ。宮廷画家がいなくなったのもそれが理由。兄貴《あのひと》のことだから、絵だったら真っ先に俺を呼んだと思う。兄馬鹿だったからね」

「で、でも、これはこれで僕はいいと思います」

「そう、俺にとっても大切な絵。でも知らない人から見て、買いたい動機が少ない」

「やはり僕ですか……」

「いや、そういう意味でこれを買いたいと言ったら、俺はそいつがライバルだと思わなきゃならないんだけど」

麒一郎の言葉を整理しながら、煉瓦《れんが》歩道の薄暗い雑踏を歩いた。

これは丁寧に描いた、丁寧なだけの絵。そこには桂路の目的がなく、この絵でどうにかしようとする意志がない。

「決めきれない、と、仰《おつしや》っていたのはそれですか」

「そういうこと。慧を描きたい気持ちはすっごくあるのに、どの部分を描こうか決めきれなくて、ただ姿だけを写しちゃった感じ。うまく描けてるけど、目的がわからない、絵画として面白くない」

それの何がいけないのかはわからないが、桂路の中ではちゃんと答えが出ていて、納得がいっているということだ。

「残念です」

「でもやってみないと諦めがつかないときってあるでしょ。能勢さんに反応をもらって、『そうだよなあ』って腑《ふ》に落ちた。やっぱりこうじゃないってのがわかっただけで収穫なんだ。他の人に言われても反抗心しか湧かないけど、俺は能勢さんの目を信用してるから」

「そうなんですか。それでは次はどんな題材を」

「慧の絵。その二だ。付き合ってくれる？」

「も、もちろん」

あれ以上の何が描けるのかと思うとわからなかったが、桂路がそうしたいなら、自分はいくらでも付き合う。

「ポーズとか、衣装とか、工夫したほうがいいですか？　何かこう、テーマ性のあるような」

こんどこそ桂路に納得する絵を描いてほしい。勢い込んでそう申し出ると、桂路は、目を丸くしたあと眉を垂れさせて笑い始めた。

「ありがとう。それはそれで見てみたいけど、そういう――……」

言いかけて、桂路はポケットからスマートフォンを抜いた。

「ごめん、ちょっといい？」

「どうぞ」

道の端に寄って立ち止まった。

「どうしたの？　緒川さん」

相手は緒川のようだ。

「――うーん、その件はね、ちょっとここでは……。あとで電話する。今出先なんだ」

そう言って桂路はすぐに電話を切った。

「緒川さんが何か？」

緒川から桂路への伝言は、だいたい自分に聞かされる。遺産や住まいの手続きも片付き、最近は何の用事もないはずだ。

「何でもない。どうでもいいこと」

「そうなんですか？　僕が聞くようなお話ではない、ということでしょうか」

「……まあ、そうね」

わりとあけすけになんでも話す桂路が言葉を濁すことは珍しい。

何の連絡だったのだろう。麒一郎が生きていた頃の思い出なら自分の出る幕ではないだろうが、彼亡き今、緒川と桂路と自分の間には、秘さねばならない事柄などないはずなのに。

† † †

桂路《けいじ》がまっさらなキャンパスの前に座ったのは、翌週のことだ。ポーズは取らなくていいと言われ、またキャンバスから１．５メートルほど離れた白いスツールに座るように言われた。

「……窓のほう、向いてみて？」

「こうですか？」

「そう。もうちょいこっち向いて」

桂路の指示に従って、しばらく鉛筆の音を聞いていた。

手を動かさず、勉強もしていないといろいろな思考が頭を巡る。

画廊で言われたこと、理由がわからない会社の決まり事、緒川《おがわ》に言われたこと――。

「――……僕って何なのでしょう」

「え？　どういう意味で？　俺の一番好きな人、っていうのは真っ先に答えられるけど」

桂路はときどきすごい。思わず息が止まり、口元に手を遣《や》ってしまう。普通の人はこうなのだろうか。もし誰かを好きになったとして、天気の話でもするように、さっぱりと迷いなく、好きだと口にできるものなのだろうか。

「ど、どこを好きになって、くださったんでしょうか」

「真面目なところとか、わりと頑固なところ。自分が決めたことに振り回されてるところ。笑うと可愛《かわい》いところ、歯磨きが長いところ。あ、見た目も好きよ？　右と左の二重の幅が違うところとか、唇の輪郭とか、特にてっぺんのとこ。もっといっぱい言えるけど、なんとなく全部。――だから困ってる」

「困ってる？」

顔を熱くしながら桂路の言葉を聞き続けていて、最後の言葉に慧《さとし》は目を大きくした。

うん、と言って、桂路はまたキャンバスに一本線を引く。

「印象が決められないんだ。これは俺の問題。好きなところがありすぎて何を描いていいか、わからない」

この間聞いた理由のとおり、新しく始めても桂路の筆は上手《うま》く乗らないようだった。始めてからもずっと、食卓でするような雑談を続けている。

「部分的なことを描くということですか？」

「いや。絵の話をしていい？」

「お願いします」

「こないだの絵ね。似顔絵ならすぐに描けるんだ。言っただろ？　スケッチに必要なのは、十分とか、十五分。ほんと言うと、お前が目の前にいなくてもぜんぜん描ける。ほくろの位置から、耳の巻き具合、眉毛の流れまで、網膜に焼きつくくらい毎日見てるから。気を抜くと、空中を指でなぞりそうになる」

そういう間も桂路に見つめられているところが熱くなる。桂路の声や視線を浴びていると、体温が忙しい。

「でも似顔絵を描くとあの絵と同じなんだ。あれは満足のいく似顔絵だった。だからあれはあれで、俺が一度描きたかったものに違いないんだけどね。我ながらよく描けたと思ってる」

失敗作と言われずほっとした。しかし、ますます桂路が描きたいものがわからない。

桂路はまた、少し身体《からだ》を傾《かし》げていた自分と同じ角度で、無意識な様子でキャンバスに一本線を走らせると、肩で息をついた。

「内面的なところとか、ここしかない、って感じのヤツ。そこだけをめちゃくちゃ見たいというか。例えば頰とか。極端に言えば輪郭はなくなるけど肌を描き込んだらそれはそれで作品になるんだ。その場合、頰を見てる」

「平面ということですか？　ピカソみたいな」

「当たってないけど、そうとも言える。要素を究極に取り出したい。だけど、どこに焦点を絞ればいいかわからない。何を描くか決められなくて」

「わ、悪いことですか？　僕はどうすれば」

桂路の意図を摑《つか》みたい。できることなら役に立ちたい。

前のめりになって問いかけるが、桂路は力なく笑うばかりだ。

「贅沢《ぜいたく》なことだよ。俺の能力の問題」

「わかりませんが、どなたかに相談なさいますか？　心理学の先生がいいでしょうか、それとも」

「ストップ。俺の問題だって言っただろ？」

「僕のせい、でしょうか」

「違うって。俺が絵を描くのにどうしてお前が？」

桂路は膝の間で軽く指を組み、息をついて微笑《ほほえ》んだ。

「大丈夫。俺がやるしかない。俺にしかできないし、俺がやらないと意味がないことだから。そこで見てて？」

「はい。……あの……」

そう言われてもなんだか焦るが、桂路は落ち着いているようだ。できないまでも努力したい。でも何を求めればいいのか、どう努力をすればいいのかわからない。静かな彼の足掻《あが》きが伝わってくる。

何か力になれればいいのに。彼自身が見つけ出す以外に方法はないと桂路は言うが、他でもない、自分のことだ。何か見つかれば。見せてやれればいいのに。

自分の中身、無駄なものを削り落とした保坂《ほさか》慧という人間の本体——。

「ん？」

「……あ、いえ。何でもない、です」

上手く言えないが、何となく桂路が苦しむ原因がわかった気がする。桂路ですら気づかない本当の問題だ。内面を、ほんとうを描きたいと桂路が言うならきっとそれだ。

桂路が何らかの才能をもって自分の中身を描き出そうとしてくれているなら、それは無理だ。だって自分の中には何もない。もし自分の内面が見えないのなら、やはり桂路に絵が描けないのは自分のせいではないだろうか——？


慧は会社が好きだった。誰もが忙しく、不必要に声をかけられることがない。かといって無視されることもなく、わからないことは聞けば教えてくれる。

昼下がりの秘書課は人が数人しかいない。ほとんどが役員に同行して、外出している。どの机も整然と片付けられていて、重要書類以外の書類や郵便物が配られている。

備品の名刺用スキャナを棚に戻しに行った。

会社の関係で貰《もら》った名刺を私用で持ち出すことはできない。

今日は緒川が出張だから、今週貰った名刺を関係ごとに振り分け、スキャナに通してデータ化し、クラウドに上げ、麒一郎《きいちろう》がつくったルールに則《のっと》って一部のデータにスマートフォンからアクセスできるようにする。

作業を終え、名刺を鍵付きのキャビネットに仕舞ったらもう退社するしかない。秘書課のアルバイトだから、コピーやシュレッダーなどの雑務はあるはずだが緒川に禁止されている。

コートを着て廊下に出た。外から帰ってくる人とすれ違いながらエレベーターを待っていると、背後から「慧くん」と声をかけられる。慧は、外ではだいたい保坂と呼ばれていて、慧と呼ぶのは麒一郎がいなくなった今、桂路と頼元《よりもと》だけだ。

「ちょうどいいところで会った。慧くん、もう帰り?」

声をかけてくるのは、保坂という叔父だ。同じ会社に勤めている。痩せていて、髪が少なく、背が高い。父とは体つきが違うが、さすがに弟なので顔が似ている。血の繋《つな》がった慧の肉親だ。彼がこの会社に在籍していたのが、麒一郎が自分を引き取るきっかけとなった。

緊張で身体がこわばった。皮膚の内側が凍るような、独特の恐怖感は久しぶりだ。父の面影に似た、自分に好意的ではない男。父と仲が悪いと聞いた。自分は彼に疎まれていると聞いていた。同じ名字で同じ会社にいて、自分との関係を勘ぐられるのも嫌だろう。慧から会いに行ったこともなく、甥《おい》と名乗ったこともない。それが彼から声をかけてくる理由——偶然を装うけれど、彼がいる部署とは階が違う。待っていたのか、追ってきたのか。

「はい。もう帰ります」

「よかったら、飯でもどうだ。入社したら忙しくなるだろうから」

「いえ。予定がありますので、失礼します」

緒川から、彼と話すなと言われている。麒一郎の指示でもあった。彼は十四年前、行き場をなくした自分の引き取りを、体面を理由に拒否している。慧にしたって話す理由が見つからない。

「いつならいいかな。週末とか、どう?」

「予定があります」

「ない日を教えてよ。奢《おご》るからさ」

「……予定があります。失礼します」

「緒川か。何か言われたのか。社長に何か吹き込んだのもアイツなんだ。アイツの言うことなんか聞かなくていい。慧くんにとってアイツはただの上司だが、俺は親族だ。叔父なんだよ。なあ」

事実を並べられ、どうしたものかと思う間に、保坂は目の前まで近づいてくる。生理的な嫌悪感を覚えるほど近づいてから、保坂は囁《ささや》いた。

「うちの娘、見たことあるかな。ああ、ないかな。うちに来たことないもんな。娘、今、大学生なんだ。口は達者で、でも根は優しい子でさ」

正直、彼が親戚という実感はまるでない。ここにアルバイトに来るまで、会ったこともなければ、姿すら見たことがない。初めて貰った情報は『自分の引き取りを拒んだ父の弟』だ。随分嫌われている印象だったのに、どう親しくしろと言うのか。

「従兄妹《いとこ》同士は結婚できる。年齢もちょうどいいんじゃないかな。あるいは、うちに養子に入るのはどうだ？　あのときは困ったが、今ならもう子どもたちも大きいし」

「祐輔《ゆうすけ》さんのお邪魔になります」

一応、保坂の身の回りはデータとして知っている。他人扱いでいいといえど、同じ会社の社員で親戚なら、家族構成と居住地区くらい知っていないと不都合だろうと緒川が教えてくれたのだ。追加情報として、自分を引き取らなかった理由が、その祐輔という長男の受験や養育に差し障ることだったのも聞いた。祐輔は優秀で活発で、私立大学を経て留学したと聞いた。そのあとは知らない。

保坂は、黄ばんだ歯を見せながら、苦々しい笑いを浮かべた。

「アイツは、プロゴルファーになるとか言って帰ってこない」

「立派なご職業です」

「職業ならいい。勉強もしやしないで、九年プロ試験を受けて受からないのに、この先受かるものか。プロになれなかったらコーチになるとか言ってるが、それだけで食っていけるわけもないのに」

名前しか知らない、彼の息子の愚痴を並べられても慧には何の感想も抱けない。

「春から秘書課に配属だろ？　緒川が右腕にするって聞いてる。いずれ社長か専務の秘書だ。

大したもんじゃないか、あの、野良犬みたいな小僧がさ」

「僕がそうなるのと、あなたのお嬢様との結婚の話がどう関係あるのですか？」

「親戚だってことだ。血が繋がってるだろ？　家族は大事にしたほうがいい」

「僕の父と母のことですか？」

二十歳になって、戸籍上の縁は切ったが生きていると聞いている。慧が希望しない限り、一生会うこともないだろうとも。

「いいや、あいつらはダメだ。俺が新しい父親でどうだ」

何を言われているのかさっぱりわからなかった。昔、自分を一時的にでも保護することを拒否した人が、いきなり父と名乗ると言っても慧にはその理由がわからない。

緒川の言うとおり、彼と話すべきではないのだろうというのは漠然と理解できたが、その話も結論は出ている。彼が保護者を断ったので、麒一郎が自分を保護してくれた。麒一郎が育ててくれ、ひとりで生きるためのノウハウを与えてくれた。自分の親は麒一郎と頼元で、教師は緒川だ。彼は部外者であることを彼自身が望み、麒一郎と頼元が承認し、それで話は終わった。

「もともとうちに養子に来たかったんだろう？　な？　血は水より濃いって言うし、俺もお前の顔を見たら本当にそう思う。まずは話してみようや。あのときは、俺も色々大変で、お前にはほとんど親戚らしいことはしてやれなかったから」

「お断りします。失礼します。用事がありますので」

もっと断る返事のバリエーションを習っておけばよかったな、と思いながら、緒川に教えられたように礼をし、開いたエレベーターに乗り込んだ。

降りてきたエレベーターにはすでに人が四人乗っていた。中から保坂を向き直ると、彼は向かいに仁王立ちで立っていた。先ほどまでの優しげな声を低く歪《ゆが》ませて慧に言い放った。

「貰ってばかりのくせに！　社長に取り入ったからって、いい気になるなよ⁉」

四人の視線を浴びながら、目の前で閉まってゆく扉を見ていた。

「お前は結局アイツの子だ！　ギャンブル好きで、家出癖があって！　気取ってみたって野良犬は野良犬だ！　今に化けの皮が剝がれる！」

閉まる寸前、そんな罵倒が挟まれた。一階に着くまで、誰も喋《しゃべ》らなかった。

緒川に報告するべきだろうな、と思いながら桂路と夕飯を食べた。桂路にも話そうと思ったが、桂路は保坂のことを知らない。それも緒川に相談してからにしようと思うと少し気持ちが落ち着いた。

夕食のあとに、桂路がまた少しキャンバスの前に座ってくれないかと言うから頷《うなず》いた。絵を描く桂路を見るのは好きだし、見つめてもらうのも、気恥ずかしいが嬉《うれ》しいし、話ができるのもいい。

「どうした?」

少し昼間のことを考えていたら、声をかけられた。ずっと見ているせいか、自分でもわからないくらいの心の変化に桂路は敏感だ。

「皮が破れたときのことを考えていたんです」

化けの皮が剝がれると保坂は表現したが、慧のイメージ的には破れると言ったほうが近いと思う。皮が破裂して、中身が弾《はじ》けるのだ。そうしたとき自分はどうなるのだろう。何が出てくるのか。どちらにせよ大した質量ではないだろうが、何かが出てくるような具体的な想像がつかない。

「どこか怪我《けが》を?」

「いえ、こう……。風船だとしたら、破れたらどうなるのかな、って……思って……」

「おもしろい質問」

桂路は抽象的な質問が好きだ。緒川に尋ねたら『もう少し具体的に』と言われそうなことを面白がって聞いてくれる。

「風船はあるでしょう。破れたら、破れた風船が残ります。風船だったものは、何だったのでしょうか」

「普通に考えたら空気。浮かんでるならヘリウムガス?」

「破れたら、それはなかったことになるんでしょうか。風船を描くということは、空気を描いていることになるんですか?」

桂路は考え込みもせず、首をかしげて軽く笑ってから、すぐに答えた。

「在ったことを描く。そこに風船があったら、今はなくても過去に風船はあった、ということを描く。たとえそもそも実在しなくても俺の頭の中に存在したら描くけど」

桂路は迷わずそう答えたあと、鉛筆をトレーに置いた。

「悩みがあったら言って。一緒に考えるから」

何でもないと逃げようとしたが、ぐっと下腹に力を込めた。

「いえ、僕の外側を緒川さんがつくってくれたとしたら、僕は何だろうって」

「お。いいね。哲学かな」

「僕って、何でしょう」

秘書見習いの保坂慧。それが外郭だとしたら、中身は——。

「あっ、ヤバイ」

と唐突に桂路は呟《つぶや》いて、片手で額を押さえた。

「悩みを共有できてる感じ? 慧って何だろう、って。わかんないのはおもしろい。どんどん深く考えるのがいい」

桂路は立ち上がって目の前まで来ると、慧の手を膝から掬《すく》いあげた。

「桂路さん……」

指を絡めてぎゅっと繋ぐ。

「一人なら恐いけど、手が繋げる。考えるなら付き合う」

「……はい」

ネガティブなことをよく口にするが、桂路の性根はポジティブでタフだ。

「悩みがあったら言って」

「今のところは大丈夫です」

「欲しいものとか、行きたいところも」

「来月、あそこに行きます」

今も壁に掛かっている、桂路が描いた林の油彩。あの木々の向こうへ。——光る空の近くへ、寒くなる前に行こうという計画を立てた。初雪が降ったら来年に持ち越しだそうだ。

一つずつ探そうと言ってくれた。目の前のものに向かって歩いていくのを繰り返したら、遠くに行けるから焦るなと。

「うん」

「連れていって、いただけますか？」

「もちろんだ。ハニー」

抱きしめられて、桂路の胸に頬を擦《こす》りつけた。

見上げると間近で、桂路の瞳に自分が映っている。

頬が手で包まれる。目の前で彼の睫《まつげ》が伏せられるのを見ながら、引き合うように唇を重ねた。

「ふ……。あ」

唇全体をたっぷりと吸われ、舌を絡ませられる。

「ん、あ……！」

桂路の膝に腿《もも》を割られる。脚の間を彼の腿で擦られると甘い声が上がったが、それもすぐに唇に吸い取られた。

「く……。ふ、……ん」

勇気を出して上げた踵《かかと》はあっという間に床に戻り、腰を支えてもらわないと立っていられなくなる。知らない間に、桂路の腕を摑んだ指の爪が、彼の肌に食い込んでいるのにはっとしたとき桂路が耳元で囁いた。

「明日、何時起き？」

余裕がないひどく真面目な声音で訊《き》くから、

「いつも通りです」

と慧は消え入りそうに小さな声で答えた。

金魚は、人の体温で火傷《やけど》すると聞いた。頼元が家の玄関の水槽で金魚を飼っていて、水槽の掃除を手伝うときに、金魚を摑もうと手を入れたら、そう言われたのだ。

「ん。ぁ……ふ。う」

ベッドの上、頭の上で桂路に手首を握られながら、身体を重ねて口づけをした。シャツをはだけ、ズボンの前を寛げる。身体を撫《な》で合っていたら、自分のズボンだけ抜かれてベッドの端に追いやられてしまった。

桂路の肌が熱い。教えるように下半身に擦りつけられる、彼の硬くなった実も震えるほどに熱かった。

「桂……路、さ……っ……」

いちばん初め、桂路と身体を重ねた日は、焼けつきそうに熱くて、苦しくて泣いた。わからなくて、でも逃がしたくなくて優しい桂路の熱の塊を必死で受け止めた。やさしくしてもらったのに、破れそうで押し潰されそうで、息ができずにみっともなく喘《あえ》いで、涙を零《こぼ》してしまった。でも身体が慣れた今は、体温に甘く目が眩《くら》み、桂路の手に握られると、鮮やかすぎる快感を得て身体が跳ねる。

金魚はこうして人間になっていくのだろうか。さしずめ今は人魚くらいだろうか、とか慧は薄闇に思考を泳がせる。親に抱きしめられた記憶はなかった。友人とじゃれ合って遊んだことも、スポーツチームで誰かとともに汗を流したことも、親密に誰かと寄り添った記憶もない。『気の毒に』と泣きながら両手を握ってくれた麒一郎の手はただただ温かかった。だから人間になれなかった。桂路に触れられて、自分は少しずつ人になってゆく気がする。

ジェルを指で奥まで塗り込まれる。桂路は『なるべく傷つけないから』と言って、小さな慧の入り口をほぐす作業をひどく念入りにする。

「桂路……さん、もういい。中に……」

「まだ、もう少し。やっと気持ちよくなれそうなのに、痛いのは駄目だ」

桂路が目の前でシャツを脱ぎ捨てたので、自分ももたもたしながら子どものような仕草でシャツを脱いだ。その間も、桂路の指にはジェルが足され続け、やわらかい場所を広げ、奥に押し込んでくる。

「っ、あ。あ……ん……」

奥で塗り広げたり揉《も》んだりする動きをするたびに、下腹がそわそわとくすぐったくなった。小刻みに入り口の輪を擦られると、ぎゅうっと下腹が熱くなる。

「桂路さ、ん」

「もう少し」

下着から飛び出した慧の性器は、ズボンの中の桂路の塊でこすられている。恥ずかしいくらい硬くなって、身体の内側から指で下腹を擦られると、身体全体がビリビリとした。

「もう……やだ。や——……ああ」

ふっと射精の衝動が駆け上がるのを何度も堪《こら》えているのに、桂路は空気にさらされた慧の乳首を舐《な》める。濡《ぬ》れて冷えたところを、前歯でこりこりと嚙《か》む。

「ん、んん！　あ！　やぁ……」

吸われたり、周りごと嚙まれたり、いいように悶《もだ》えさせられて喘いでいると、桂路が身体を起こした。

「ちょっと待ってて、ダーリン」

小さなパッケージが切られる気配。ときどきキスをしながら慧から手を離したあと、桂路は、慧の頭の横にゆっくり手をついた。

「痛かったら言って。イイときも言って」

「……はい」

ジェルが足され、その上から桂路がゆっくり挿《はい》ってくる。

「ん……、う。うう。あ」

「浅く息して。そう」

涙が滲《にじ》むほどきつく開かれ、そのあとは大きな質量が、ぬるぬると奥にゆっくり沈んでくる。

「大丈夫？」

「はい……。もっと、奥、まで」

「うん。これからね」

予告通り、桂路は進む動きを開始した。ゆっくりと行き来しながら、時にはぐうっと奥まで乗り入ってくる。

「あー……。っ、く。う——」

骨盤の中を満たすほど開かれるのが苦しくて、金魚のように喘ぐ自分を、キスで、手のひらで桂路が慰めてくれる。

やっぱりそうだ。桂路と繋がって自分は人間になる。肌を心地よく感じ、粘膜の柔らかさを知る。呼吸を覚える。充足と、体温と、情熱を知る——。

「ああ……ッ、あ。あ!」

ゆっくりと長く、あるいは奥のほうを大きく捏《こ》ねられ、慧は小さな泣き声を上げた。下腹が破れているのではないかと思うくらい熱く溶けそうで、桂路が粘膜を擦るたび、ぞくぞくと震える波が立ちはじめる。そのたびに、彼が汗で濡れた生え際をやさしく撫で、胸をさすって宥《なだ》めてくれる。

「ん……。ふ」

桂路の口づけが頬や唇に押し当てられる。官能的に揺すられる。乱れる呼吸を聞きながら、身体の中で快楽の波が育っていくのを待っている。

「あ……、う」

「舌を出して?　そう」

上も下も繋がる、蕩《とろ》けそうな感触に、頭の芯が痺《しび》れる。桂路が出入りする粘膜の感触は鮮や

かで、濃厚な水音にくらくらしながら快楽を注ぎ込まれている。

「あ！　んあ」

乳首を捩《ねじ》られてびくびくと跳ねた。

「あ。――う……」

口づけのあと、唇を舐められ、痺れてくすぐったいのに甘く喘ぎながら、慧は舌を差し出してもう一度、とねだった。

奥まで繋がって熱を生み出す最中に、桂路が囁いた。

「こういう息の色とか、描けたらいいのに」

「あ……。僕、の……でよかったら」

桂路の糧になりたい。桂路の役に立てるものなら多少恥ずかしくてもいいと思っている。

桂路はまた優しい苦笑いを浮かべた。

「それはちょっと」

「ダメ……ですか?」

「俺が他人に見せたくないんだ」

そう言ってまた、深い快楽の渦に自分を連れていく。

午後のミーティングに出席して、議事録をまとめ、ドラフトを担当社員に提出する。あとで添削されて戻ってくる。それが水曜日のルーティンだった。正式に入社するころにはひとりで書けるようになるのが目標だ。

緒川は出張の始末が忙しく、席に戻って慧に簡単な仕事を与えてはまた離席する。昼食も別だったし、なかなか緒川と話す時間がない。

あれからも、緒川から桂路に電話がかかっているようだった。何の用かと尋ねても、桂路は教えてくれないし、画廊との取引の電話すら自分の前で話すのに、緒川からの電話のときは、そそくさと部屋に行ってしまう。

緒川に訊けば教えてくれるだろうと思っていたが、忙しそうな今日の緒川に、プライベートのことを尋ねられる気がしない。

彼に申しつけられた書類の整理が終わったので緒川のデスクに報告に行くと、彼のほうから切り出された。

「保坂さんから声をかけられたようですね」

「よくご存じですね」

相変わらず忍者のような情報網だ。

「会社は広いようで狭いんですよ。それで彼は何と？」

「養子になれと言われ、なぜか彼のご息女と結婚の可能性について示唆《しさ》されました。そのブリーフィングのためと思《おぼ》しき会食に誘われましたが断りました。お断りのセリフパターンが少なくて難儀しております」

「『また機会がありましたら』」

「ありがとうございます」

その機会は永遠に来ないというやわらかい拒否だ。学校でも使える。さすが緒川だった。自分の対応にも間違いはなかったようだ。なぜ突然こんなことを切り出したのかという疑問は残るが、これも後日に持ち越しだ。

終業間際なら緒川は時間を取ってくれるだろうか。移動がない日は、終業後に相談に乗ると言われている。叔父のことも桂路のこともプライベートだ。激務の緒川に相談するには気が引けるが――。

ふと、緒川の机の上に封筒を見つけた。

住所も何も書かず、切手もなく、筆文字で『奥園《おくその》桂路様』と書いてある。やはり、今更、緒川経由で桂路に渡される書類の想像がつかない。

「……これは?」

「いい機会ですから話しておきます」

封筒を見ている自分をチラリと見てから、緒川は言った。

「縁戚関係というのはわかりますね? 先の保坂氏があなたを食事に誘った目的もその一つで

す。奥園家と懇意である、ましてや麒一郎さんの——奥園家の親戚であるというのは、この会社では特別な意味を持ちます。保坂課長があなたに養子関係を迫るのとは比べものにならない重要度です」

「はい」

桂路はそれを嫌がっている。地位や金に興味がなく、画家として自由に生きたい桂路には、親戚関係や実家との間柄が煩《わずら》わしいのだそうだ。なるべく疎遠でいたい。そして自分の存在が奥園に悪影響を与えるのを怖れていると言った。

「麒一郎さんのご希望で、桂路さんにもできればご結婚していただきたいのです。会社のためになるなら万々歳、会社に関係ないかたとご結婚をするならそれもよし、桂路さんがいつまでも独り身でいることによって、閨閥《けいばつ》に巻き込まれるのを防ぐのが目的です」

「そんな……」

「すでに麒一郎さんによって選定されたかたが候補として幾人も上がっています。そのお一人がこの方」

緒川は封筒を軽く持ち上げた。

「今日は、桂路さんが社長室にお越しになるそうです。もうお見えになるはず」

「桂路さんは……ご結婚なさるのですか？」

それは考えたことがなかった。桂路と出会ったときは、麒一郎の遺言を守り、同居人として桂路と上手くやってゆくことに懸命だった。そのあと桂路に気持ちを寄せてもらって結ばれた。

だが今更ながら、改めて考えてみると結婚という選択肢は当たり前だ。生活が落ち着けば、未来を見越して結婚を考えても不自然ではない。

「将来においてはそう願いたいものですが、しかし」

「すみません――少し――失礼いたします」

緒川の返事の途中でデスクから離れた。

受け止められない。緒川から、これ以上何か聞かせられるのが耐えられない。頷くことはできそうにないし、反論もできない。質問だって、こんなに手が震えていては、ろくな言葉が吐けそうな気がしない。そもそも緒川が言ったことがすべてで、質問などない。部屋から逃げ出すことしか取るべき行動を思いつかない。

早足で廊下に出て、エレベーターに向かう。どうするつもりかはわからなかったが、身体が勝手にここから逃げようとしている。

下へのランプが灯ったボタンを二度押した。反応していない気がしてまた押した。扉の前に立っていた女性が奇妙そうな目を向けてくるが、冷や汗が滲み出ていて繕う余裕がない。

通り魔に遭ったような気分だった。驚いたと言うには打撃が酷《ひど》い。

結婚――。そんなはずはないと胸の中で打ち消すけれど、冷静に考えるならそうだ。麒一郎が亡くなった時点で、桂路がどういう人か、今後どうなるのか、自分にはわからなかった。麒一郎も「ずっと会ってくれないから、詳しいことがわからない。ごめんね」と自分に言っていた。

その頃、桂路の暮らしは荒れていた。古いアパートに住んでいて、短期のアルバイトを掛け持ちして暮らしていた。アパートには取り壊しの予定があり、今の暮らしでは新居は簡単に見つからないだろうと聞いていた。だから当面自分と同居し、暮らしぶりを立て直させて、その後は二人で話し合って決めてほしいと麒一郎は言った。

『君たちがそれぞれ一番幸せになるように、力を合わせてほしい。桂路は優しいから、きっとできる』と念を押されたが、それは自分と桂路が恋人になることではなく、助け合えということだったはずだ。もし自分に幸せなどというものが見つけられないときは、麒一郎に返すはずだった恩を、桂路に返そうと思っていた。初めは確かにそう決めていたはずだったのに、どこで勘違いをしてしまったのか。

恋人同士になって、このまま同居は続くのだと思っていた。だが普通に考えたら、生活が落ち着いたら本当の望みに手を伸ばすはずだ。自分には、結婚家庭がいいものとは思えなかったが、麒一郎を見ればそうではない家庭があるのもわかる。奥園家の親族関係が、どれほど強く彼らを守っているかも知っているつもりだ。

桂路と暮らして、すっかり家庭を持った気分になっていた。でも人好きがする桂路のことだ。桂路はゲイだと言ったが、緒川の言うとおり実はバイだという可能性もある。そうすれば将来子どもが欲しいと思っても当然だ。そうなったら自分では叶《かな》えられないから、当然女性を選ぶことになる——。

どうすれば。

頭蓋の中を真っ黒に塗りつぶされた気分を覚えながら、エレベーターからエントランスに出た。社員と客が広いロビーをまばらに行き交っている。客と帰社した社員とすれ違う。自動ドアのところで人を追い越す。

戻らなければ。緒川に謝罪をしなければ。

そう考えるのに、足は止まってくれない。今ここから逃げたってしかたがないのはわかっている。むしろ緒川にもっと情報をねだるべきだが、刃物の前に飛び出すも同然だ。家に帰って桂路と会う勇気もない。でもカッターの刃のような、緒川が浴びせる現実という言葉を受け止められない。

麒一郎さん。

僕はどこまで戻ればいいんでしょうか。桂路さんが帰ってきた夜？　それともあなたの棺《ひつぎ》の目の前で、車のハッチを閉められたあの瞬間まで——？

何も考えられず街の通りを歩いた。

道は二つしか知らない。麒一郎が自分のために借りてくれたアパートと、『桂路を頼む』と言って与えてくれたあの家だ。

どちらにも戻れない。行く場所がない。桂路と行く約束をした林の向こうだって、彼がいなければどこかわからない。

そう思ったときふと、心をよぎった場所がある。

そうだ。もう一つある。

ブレーキを失ったようなつま先は、そちらに向けるしかなかった。ずいぶん前に一度、行ったことがある。

のしかかってくるような重い曇り空から逃げるように、慧は駅の奥へと向かった。


初めてそれを見た感想は『石』だった。

小さい頃、学校の帰りに横目で眺めていたときは、石を捨てる場所か、工事現場の残骸か、おばけの住処《すみか》だと思っていた。

麒一郎のお供で来たときは、この広場にたくさん集められた石のそれぞれに持ち主がいることに驚いた。三代前の社長、麒一郎のひいおじいさんが亡くなって五十年の行事が行われるに当たって、緒川の手伝いのために、参列者の最後方にいた。前のほうはよく見えなかったけれど、あの下に骨が入っているなんて、怪談話以上に慧にとっては恐ろしい事実だった。しかも麒一郎はそこに花と線香を供えると言う。

それは墓という代物で、家の人が亡くなったらここに骨を安置するらしい。保坂の家にはそんなものはなかった。自分の祖父や、その前の人々はどうなったのだろう。ゴミとして捨てられたのだろうかと思うとそれはそれで怖くなった。これも裕福な家の証《あかし》だろうかと考えた。

——骨になって、ここに入ったら、墓石の中のカメラか何かで外が見えるのですか？

今となっては馬鹿げた質問だと思うが、そうでなければ麒一郎が石に花を見せたり、線香を燃やしたりする理由がわからない。

——いいや？　ここは『来てますよ』って知らせるところ。見てるのは……そうだなあ、天じゃないかなあ。

麒一郎は笑って、ふっくらした指で薄曇りの空を指した。

——じゃあ、この中に入ってる人からは、見えないということですか？　なのにどうして、骨を入れるんでしょうか。

——そうだねえ。でもお墓がないと、僕ら、どこに行ったらいいか、わかんないだろう？

これもあのときは、麒一郎がなにを言っているのか、正直わからなかった。と言うか、わかったのはたった今だ。

麒一郎に会いたい。でも会えない。そこに行っても石しかないことはわかっていても行く場所が欲しい。

電車を降りて、坂道を歩く。

先ほどから何度もスマホが震えるのを感じていた。出ないと決めたはずだが、身に染みた習慣に、耐えがたい居心地の悪さを感じてしまう。泣きたい気分でポケットから取りだして画面を見ると、緒川から何度も電話がかかっていた。桂路からも二度着信がある。折り返すべきだとわかっていても、なにを話せばいいかわからない。麒一郎や緒川から『まとまらなくてもいいから、思いついたものをすべて話せ』とずっと言われて育てられてきたが、今は無理だ。麒一郎の家に引き取られたときのように、心の中に言葉がない——いいや、堰《せき》を切って溢《あふ》れ出しそうな、のたうち回る衝動を抑え付けることに精一杯で、気持ちを探って言葉にする余裕がない。

スマホをポケットに戻そうとしたとき、また震えた。そのまま仕舞おうとしたが画面を見て慧は息を呑《の》んだ。

——『麒一郎様』

画面に白い文字が浮かんでいる。

幽霊からのコールではない。自分は電話の向こうで誰が出るかを知っている。

「——……はい」

俯《うつむ》いて呟いた。

わかっていても、逆らえない。これは麒一郎が残した携帯の番号だからだ。

——帰ってきてください、保坂さん。

緒川の声だ。麒一郎が残した携帯のデータは目的に分けて分割され、慧のために残したデータと、彼が生前使用していた本体が緒川の手許にある。緊急のときにしか使用されない電話で

——今は緊急——いや、違う、自分が会社を飛び出したくらいで——いや、自分にとって耐えがたい苦痛だから緊急なのか。

立ち止まって金魚のように、ぱくぱくと数度、口を開く。呻《うめ》くような声が出た。

「……僕が……何を間違っているのか、教えてください……！」

足元にぽとぽと涙が落ちた。

馬鹿なことをしているとわかっている。理由も知っている。桂路のためだ。初めから聞かされていて、理解もしていた。

「間違っているのはわかるんです。取るべき行動もわかっています。でもどうしてちゃんと思い通りにできないのか、何で、僕は僕の思い通りにできないのか。わかってる。わかってるんです、でもどうして——！」

自分が落とした涙の周りに、ぽつぽつと黒点が増える。ひとつ、ふたつ、囲むように、世界中に打つように。

——帰って話しましょう。

緒川の助けの手に縋《すが》りたいが、頭ではそうするべきだとわかっているのに、身体が嫌がるのだ。きっととどめを刺される。命ではなく、心に正しさを打ち込まれる。

「——……すみません、……できな……っ……、今は……」

半端に謝って通話を切った。

目の前に、雨の斜線が見える。麒一郎の葬儀も雨だった。肩で跳ねる、ぽつぽつという雨音を聞きながら、霊園の入り口を辿《たど》った。

整然と区画された墓地の通路を数える。

微《かす》かに上に傾斜したエリアの、見晴らしの良い場所だ。

通路から四角く整った石畳が伸びている。漢字が彫り込まれた門柱から石の柵が階段状のテラスを囲っていた。

家紋が入った灯籠を従えた、人丈より高い庵治石の石柱に『奥園家之墓』と書かれている。

本当だ、と、慧は笑ってしまいそうだ。今までどれほど麒一郎に伝えたくても漠然と行き場のなかった気持ちが、ここに立ったら言葉になる。

「欲しい……ものが、見つかりました……、麒一郎さん……」

人に譲れないもの。奪われると思うと心が引き裂かれそうなものだ。ゲーム機でもなく、上等な図鑑でも、カメラでもなく、つかみどころがなくて、かけがえのない、桂路という存在、彼が奪い取られるのが耐えられない。

「でも、駄目みたいなんです。欲しくても貰えないものはやっぱりある。僕は、どうしたら

——……！」

問いかけても答えはわかっている。何でも買える麒一郎でも桂路は無理だ。諦めるべきだ。

自分が行うべきこともわかっている。見合いの成功を祈って、結婚するというならその世話を

して、彼が幸せになるように、彼が上手く暮らせるように立ち回るのが自分の使命だ。

――君たちがそれぞれ一番幸せになるように――。

そんなのは無理だ。桂路の幸せと自分のそれは両立しない。桂路を今更取り上げられて、痛まないはずがない。

貰えないものがあるならあると、そう言ってくれればよかったのに。

耳に残る麒一郎の声をもぎ取るように、左耳を摑む。そのときだった。

「やっぱりここ！」

突然桂路の声が聞こえて、慧ははっと右を見た。

通路からまっすぐ、桂路がこちらにやってくる。

「会社のエントランスで声をかけたけど、気がつかなかった？　様子が変だったから、追いかけてきたんだ。駅で追いつこうと思ったけど、違う方面の電車に乗ったし！」

「桂路……さん」

気がつかなかった。会社ですれ違ったのか。

どんな顔をすればいいか、わからない。何を言えば、責めればいいのか、謝ればいいのかすら――。

自分の顔を悲痛な顔で見下ろしていた桂路は、ぐっと唇を結んで慧の腕に手を伸ばした。

「緒川さんから電話で聞いた、あれは誤解――というか誤解じゃないけど誤解というか！」

「すみません、離してください。お話ならあとで聞きます！」

出したことがないような大きな声で桂路を拒んだ。

逃げようと思った。

もっと心を押し込んで、何を言われても泣かないように、出ていくと言われたら頷いて、祝福の言葉を言えるまで。

「今は——笑えません。頭の中が真っ黒になって、何も考えられない。桂路さんの優しさに甘えて、僕は桂路さんが好きで。どうして、僕はそんなこと、できるなんて、思っていて」

「できる。話を聞いてくれ。ずっと甘えていてくれ」

「無理です！　僕にだって、そのくらいわかる。桂路さんのせいじゃありません。僕が馬鹿だった。いつもいつも——普通のことがわからなくて——！」

「とりあえず帰ろう。家に——いや、会社にかな」

「すみません、お時間をください、お願いです」

引こうとする手を、桂路は離してくれない。遠慮のない力で、指先が痺れるほど強く手首を握っている。

「ごめん、って！　俺が悪いんだ。だから——」

必死で桂路の手を振りほどこうとしたとき、桂路が鋭く背後を振り返った。力が緩んだので手を引いた。そして桂路の肩越しに通路の入り口のほうを見た。

人影がこちらを眺めている。桂路はそれを睨《にら》み、いきなり声を張った。

「あのさあ！」

通路の向こうからこちらにやってくるのは緒川だ。

「こういうの、やめてほしいんだけど！」

自分を前に突き出しながら、桂路は緒川に向けて強い口調で言った。緒川は冷たく皮肉な表情だ。

「自分の尻は自分で拭くべきです」

「何も出てねえ尻を俺が拭く必要はないだろ⁉」

「出さないから問題なのでは？」

二人の言い合いを聞いて、慧ははっとした。もしかして、自分は多大な勘違いをしていやしないか。てっきり桂路の結婚の話とばかり思っていたが、実は——。

「便秘だったら、受診の手配をします」

「ややこしくしないで！」

申し出の途中を、桂路にたたき落とされた。

桂路は自分を見て、苦々しく顔を歪めた。

「……見合いの話だよ」

「席を外します」

「聞いて」

腕を強く引かれたが、慧はそれをゆるく振り払った。

「桂路さんが結婚なさるのは当然です。麒一郎さんもそれを望んでらっしゃるはず。僕も……僕も――……！」

不貞の概念がよくわからない。でも自分がどうすべきかはわかっている。昔憧れた家庭だ。お父さんとお母さんとその子ども。そこに自分がいる場所はない。

「慧？」

「それに桂路さんはもっと、何か、ある方と」

絵のことも今腑《ふ》に落ちた。自分はやはり皮だけだ。中身がない。桂路に与えてやれる物がない。胸を開いても、見せてやれる物がないのだ。

「僕も桂路さんも、僕のことがわからないのも当然です。僕の中に何もないから！」

自分の中身はこんなものだ。

空っぽかと思えば熱くて、爆《は》ぜそうで、自分勝手で厚かましくて強欲で。破裂したら汚い感情が飛び散って、地面を汚して何もなくなる。

「僕の中には何もない。あるとするなら汚い気持ちばかりです！」

大きくて、熱くて、苦くて、粘ついて、呑み込めない。こんなに好きな桂路を困らせることしかできない。

「すみません、……僕は——……」

何になれると思っていたのか、何になろうとしていたのか。こんなに大きな声で、一方的に桂路への想いを吐き散らし続ける自分を桂路に見られてしまった。

桂路が痛ましそうな顔でこちらを見ている。桂路からあんな目を向けられたのは初めてだった。身を翻そうとしたが、また桂路に手首を摑み取られた。

「離してください！」

「あんたのせいだぞ、緒川さん！」

「いいえ。あなたのせいですよ、桂路さん。契約書を読まなかったから」

「猛反省した！　あれ以来、どんなやつも全部読んでる！　もう註釈の豆字まで！」

桂路と緒川が言いあうのを、慧は呆然《ぼうぜん》と見ている。桂路は血走った目で自分を見た。

「聞いてくれ。兄貴は俺の結婚相手を心配してくれていたらしい。あのままずっとふらふらしてたら、結婚したいときに相手が見つからないだろうからって」

「やっぱり……」

「『断ってもいいけど会ってほしい』だそうだ」

「わかりません」

「向こうにも同じことを言っているらしいから、俺はとりあえず会わなきゃいけない」

「慧……」

いたぶるように横から緒川が言う。

「奥園家と聞いて、野心がある人間なら応じるでしょう。ヒモになってもいいんですよ？　そうすれば売れない絵をいくらでも描き続けられる。麒一郎さんの親心です。どれも名だたる、いわゆる太い実家で」

「そんなことにはならないって！」

緒川は自分に視線を移した。

「麒一郎さんが用意したリストの女性と順番にお会いになる予定なのです。これはオプションだったのですが、桂路さんが進んでハンコを捺《お》してしまったもので」

「俺が悪かったって！」

「向こうが断れば、見合いはナシ。断らない場合は、桂路さんにご自分で断っていただくという契約です」

「だからもう全部一括で断ってくれって！」

緒川は冷ややかに肩をすくめる。

「私はあなたの秘書ではありませんので、話す相手を間違えていますよ」

「こんなことを慧に話せるわけないだろ!?」

「じゃあ、簡単じゃないですか、一つ一つ、丁寧にお渡ししますので、お申し出を断ればいいだけで。あと三つですよ、がんばって」

「だから緒川さんのところで止めてよ！」

「私はあなたに釣書をお届けするという業務を、生前の麒一郎さんから請け負っておりますので職務放棄はいたしかねます。それにどうして私がそんな嫌な仕事を無償で引き受けなければならないんですか？」

くらくらするような言い合いの中から、ぼんやりと思考が戻ってくる。

「……もしかして、契約書に」

「書いてあった。俺が悪い」

苦く、しかし少しほっとしたように、桂路はうなだれた。

「こんなことになるとは思わなかった。言い訳だけど、もっと早く慧と出会ってたら、もうちょっと注意だってしてたはずだ。あの頃俺には何もなかったから、どうでもいいやと思って、ハンコの印があるところに全部名前書いてハンコ捺した」

自分が見たのは、自分との暮らしに関わる契約書の一部だけだ。ただその部分も読み取るのが難しいほどの乱雑な署名で、印影もズレて歪んでいて、適当に捺したのがわかった。

あの調子で文言を読みもせず、やたら名前を書いて判を捺したのか――。

慧は軽く天を仰いだ。小雨はもう止んで、雲間にうっすらと光が差している。

ひとつ息をついて桂路を見た。

「アポのご予約なら、私が断ります」

事情はわかった。それなら簡単だ。桂路の本意に反する面会の約束を断ればいいのだ。自分の仕事だ。桂路の代わりに謝罪だってする。

「いいや、何か、それはよそう」

慧の申し出に、桂路はものすごく悲しい顔をして首を振った。

「俺の責任だから、俺がやる」

「桂路さん」

「ほんとごめん……」

ずぶ濡れの犬のような風情で、桂路は頭を下げた。そして、申し訳なさそうな苦笑いで墓石を見た。それを追って、自分も古い墓石を見た。

石は静かな佇《たたず》まいでこちらを見ている。自分が喚《わめ》いても、泣いても、上手く言葉が継げなくたって、麒一郎がずっとそうしてくれていたように自分の気持ちを待ってくれている。

今更ながら恥ずかしく、申し訳なくなった。予期せぬこととはいえ、麒一郎の墓前で醜態を晒《さら》す。あれほど日々、自分はもう大丈夫だと天の麒一郎に語りかけているのに、そして一人前の気分になって麒一郎に恩返しをすることばかり考えていたというのに、麒一郎に心配を掛けるようなことばかりをしてしまった。

謝りたい。麒一郎に。そして桂路にも。

「あの、桂路さん……」

「ちなみにこれは分家の墓。うちのは隣だよ」

慧が話しかけていた立派な墓の隣に、同じような風貌の、さらに一回り大きな墓が門を構えている。


緒川が現われたのに驚いたのは、自分ではなく、桂路のほうだった。

緒川は慧と桂路に、深緑色の手帳型ケースを纏《まと》ったスマホを見せた。深く記憶に刻まれた品だ。生前、麒一郎が持っていたケースだ。

――あなたが通話に応じたということは、このスマートフォンであなたのGPSを検索するのを承知したということで理解しています。

緒川の説明に異論はない。麒一郎のスマートフォンからは、慧のスマホのGPSを探索できる。昔、まだひとりで外に出ると不安定になっていた頃、この機能にずいぶん助けてもらった。『霊園に向かったと思う』と桂路から連絡を受けていて、車で追ってきていたらしかった。緒川も奥園家の墓地の場所を知っている。

桂路は結局、家に釣書を持って帰った。電話番号だけ控えるからシュレッダーに掛けてくれと封筒を返そうとする桂路を、緒川が一蹴したのだった。

――お小言は明日。退勤の処理はしておきます。

自分たちを自宅に送り届け、車の窓越しにそう言い残して、緒川は車で会社に帰っていった。よく考えれば緒川も被害者だ。桂路が捺さなくてもいい場所に判を捺してしまったから、多忙な緒川の仕事を無意味に増やしたことになる。

――つまり今日の桂路の用事というのは、釣書を取りに来させたい緒川と、今後の話を一括で断ってほしい桂路の話し合いの場だった。さっきの言い合い通り、緒川にはそれを請け負う謂《いわ》れはなく、生前の麒一郎から請け負った業務なので桂路に連絡を取り続けなければならない。緒川の言うことには正当性があり、自分に知られず見合いを断りたい桂路が、自分にその件で電話を掛けないでくれというのを止める手段はない。何しろ緒川は電話で交渉相手を逃がしたことがないことに定評がある。

帰って着替えた桂路は、リビングに戻ってきて電話をかけた。

壁に向かって頭を下げている。眉根に皺《しわ》が寄って深刻そうだ。

「……申し訳ありません。せっかくご連絡をいただきましたが、私に結婚の意思がなく、お目に掛かっても良いお返事ができません」

引き延ばしたっていいことは何一つない、と言って、桂路は釣書の相手に電話を掛けた。『自分の未来を心配して、麒一郎がお膳立てをしてくれたが結婚の意思がない』という事情説明だ。契約書を読んでいなかったとは言わないらしいが、確かにそんなことを言ったら奥園の名を傷つけ、相手をさらに傷つけることになるだろう。

「兄がお世話になりました。ほんとうに申し訳ありません。それでは、失礼いたします」

壁に向かって何度も頭を下げたあと通話を切り、ふう、と息をついて腕を降ろす。謝罪は無事に終了したらしい。

「お茶を淹《い》れましょうか？　アトリエはあとにしましょうか」

「いや、お願いします」

アトリエで事情を詳しく説明すると言ってくれたが、帰り道でほとんど聞いてしまった。事情は理解したが、強いて言えばやはり桂路が悪い。彼が斜めにでも契約書を読んでいればまるごと飛ばしていい項目だった（というか、どうしてそんなところまでご丁寧にめくって判を捺したのか）。桂路が結婚相手を望んだときだけ用意された補助装置だったのに、記入欄があるという理由だけで名前を書いてしまった。

「過保護なんだよ、兄貴」

「わかります」

相手の痛みを本人以上に想像し、それを救おうと全力を尽くしてくれる。

お人好しで、ちょっと泣き虫で優しい人だった――が、弟がこれほど軽率に判を捺すとは思っていなかったようだ。

「じゃあ、アトリエにお願いします」

リビングのドアを開いて、促してくれる桂路の前に立ち止まった。

「桂路さん、絵は描けるのでしょうか。もう少し落ち着いてからにしますか？」

「描ける。というか、今描いたほうがいい。少しでも鮮明なうちに」

桂路は慧に腕を伸ばし、そっと抱きしめた。

「本当に、申し訳ないんだけど、正直お前があれほど取り乱すとは思ってなかった。緒川さんみたいな正論でぶちのめしてくるか、蔑まれるか、無視して俺が謝るのを見てるか。殴られる気は、あんまりしなかったけど」

「僕もです」

どうするべきか、頭でわかっているのに実行できないのは久しぶりだ。麒一郎の葬儀のときは、一瞬のことだった。麒一郎が焼かれることが耐えられなくて追いすがってしまったが、すぐに諦めはついた。でも今日は、少しずつ身体のあちこちに生まれていた色や熱が一気に胸に集まった感じがした。あんなに複雑に感情が逆巻いて噴き出すなんて初めてで、だから余計に混乱した。

「で、さらにごめん。何か、わかった」

「何がですか？」

「そのうちゆっくり話す。はっきりしてるんだけど言葉にすると、逃げちゃうかもしれないから。だから、今すぐ絵を描きに行きたい」

「はい」

「ごめん。不誠実だよね。でも必ず見せる」

「そういう正直なところがいいと思います。僕も……ちょっとわかったことがあるんです」

「なに?」

「僕のこと。上手く言えませんが」

「怒ってるなら言って。今から殴ってもいいし、土下座でもする」

「違います。……桂路さんを好きなこと。なのに僕は今日もひとつなこと。だから僕は僕でいいこと」

「ごめん、一つずつ話して」

「いいんです。僕も話してしまうと逃げてしまうかも、というか、わかんなくなってくのがいい」

「お願いだ、慧。よく教えて」

許しを乞うように甘く囁いて、桂路が身体をかがめてキスをする。別に内緒にしたいわけではなくて、上手く説明できないだけだ。せめて口の中にある気持ちだけでも桂路に見せたいと、一生懸命言葉を選ぶ。

「僕は、決まらなくていいこと」

ああ、やはり言葉にすると上手くいかない。

麒一郎を恩人と決めてからずっと、どうすれば完璧な自分になるのか探し続けた。完璧とは何かを考え続けた。何が正解か、緒川のようになればいいのか、なにを言うのが正しいのか、どういう気持ちを持つべきなのか。理想の型を追求して、そこに自分を傷一つなく染め上げて、当て嵌《は》めてゆくことばかりを考えていた。なかなか見えないそれに目を凝らし、ひたすらに追い求めていた気持ちが薄れている。社会人としての理想はあるが、それと自分がどうなりたいかは別の話のようなのだ。

日差しと嵐と、雨と雲が同じ空にあるように、温かさと激しさは、同じ自分の身体の中で生きていける。

心のいちばん温かく静かな場所で桂路を愛《いと》おしむ優しい気持ちと、冷たく心を切り刻む嵐のような恋情が、同じ心臓から生まれているのがわかる。

揺れていい。分かれても、反発しても、理不尽でもいい。

それが桂路への想いという心を核に、同じ心臓の中に渦巻くのが恋であるということ。

家の奥から、ラジオの音が微かに聞こえている。

あれから桂路は熱心に絵を描いていて、リビングにいてもぼんやり考え込んでいることが多い。絵に熱中していたらたまにこうなると言って桂路は謝った。聞こえてないときは遠慮なくひっぱたいてくれと言ったが、慧は首を振った。そんなに集中できるのは羨ましい。きっといい絵ができると思って、慧も嬉しくなった。

あれからも、やはり慧には何も見つからない。桂路へのいろんな感情が胸から噴き出したときは、確かに何かを掴んだ気がするのだが、具体的に何かと言われたらやはり言葉にできないのだった。

正解のないたくさんの気持ちが慧の中にあり、今は静かに胸郭の中に収まっている。そういう自分でもいいと思えるようになったのだが、どうしてそれでいいのかよく説明できないのだ。

慧は、自室の机の引き出しから小さな瓶を取りだした。

自分が持っている麒一郎の遺品と言えば、この種と写真立ての写真くらいだ。写真は会社案内を切り抜いたプリントだ。麒一郎が何か写真をあげようかと言ったけれど、その頃には彼の病が判明していて、不吉に思えたので貰わなかった。

慧は乾燥剤と共に種が入ったガラス瓶の、コルクの蓋をぽんと抜いた。振るとチリチリと音がする。

ティッシュの上に零《こぼ》して、大きくて濁っていないものを数個選《よ》り分《わ》け、手のひらに握って庭に行った。

緑が多い庭だ。年に二回、庭師が枝を刈りに来てくれて、草抜きは慧が行う。

もう長年何も植えられていない花壇に行った。煉瓦《れんが》に囲まれた、短い雑草に埋め尽くされたスペースだ。

慧はスコップで端っこのほうを掘り返した。

まだ土は軟らかく、花壇の名残を残している。

桂路の絵にあったような、いかにも栄養がありそうな黒い土だったらよかったのに、と申し訳ない気持ちになりながら、掘り返した場所に種を五粒、均等な間隔でおいた。その上から軽く土をかけてみる。

——そうだ。これでも埋めてみたらどうかな。なにか生えるかもしれない。

欲しいものが見つからないと苦しむ自分を扱いかねた、病床の麒一郎がくれたものだ。

——決まってない方が、案外楽しいかもしれないよ？

あのときは理解できなかったが、今ではそうだったらいいと心から願っている。

この種の中から何かが生えたらいい。

まだ形として摑めない自分の中から、何かが生えてくれたらいいと願う。祈っている。

空っぽじゃないことだけは確信している。

歪んでいるかもしれない。バラバラだったり、おかしな色かもしれない。でも桂路を思う心に確かな質量があると信じて、それがこの世に芽吹くことを、祈るように信じている。

† † †

やはりちょうど一週間後、桂路が新しい絵ができたと言うから、アトリエに見に行った。

足取り軽くキャンバスの前に立ち、慧は静かに息を呑んだ。

正直戸惑う。

口の中で、いろんな言葉を転がして選んでみたが、いい言葉が見つからない。

桂路は優しい笑顔でこちらを見ている。

何かを言わなければと思うが、思い切った嘘《うそ》はつけない。

——助けてください、緒川さん。

何か婉曲《えんきょく》な表現を、今すぐ教えてほしい。

これ以上黙っているわけにいかず、嘘をつくわけにもいかず——。

「えと……前回のほうが、どちらかと言えば、似ている気がします」

なんとか喉から捻《ひね》り出した。

この間より全然わかりにくい絵だ。やわらかい赤褐色の上に人の——シルエットっぽいものが描かれている。体型から男ということがわかり、髪型とか何となくの感じからして自分だというのがわかるが、服も着ているような着ていないような、表情もあるようなないような、ただどこかに黒い、ひたむきな視線が発せられていてそれが必死なような、祈るような不思議な雰囲気を醸し出している。

慧にはアートがわからない。だがこれだけははっきり言えるのだ。前の絵と、今回の絵と、どちらが自分に似ているかと言われたら、百人が百人前の絵を指す。

「いや、いい。これが正しい」

腕を組んだ桂路は自信ありげに言った。

「葬式の日。初めておまえを見たときにね、こっちの目が、いいなあ、って思ったんだ。今考えれば一目惚《ひとめぼ》れだった。……それで」

と言って視線を向けるのは、もう一枚の絵だ。

桂路が仕上げた絵は二枚。こちらは込み入った光が透ける木漏れ日の前に人が座っている絵だ。人物は緑色と白の境のような、ふちどりも光と緑の合間で曖昧な、ふわっとしたもので、やはり表情は少なく、目を細めているのかまどろんでいるのか、それだけがわかる。これも黒い瞳の絵同様、自分がモデルと知っていればなるほどな、と思うくらいしか自分の特徴がなく、前の絵のほうがどう考えても似ていると思う。

「こっちもね？　本物で、いつも普段、俺といるお前。大事でたまんない。穏やかであったかい。白い日差しが詰まってるみたい。こっちは最近とか、これからを考えるときの慧。両方合わせるといいと思うんだ」

前回と比べれば控えめな自分の感想を気にもせずに、桂路は満足そうだ。

彼は思い出すように、軽く天井を仰ぐ。

「両方慧でさ、前回までずっと、俺は慧の全部を描こうとしてた。なんとか一枚の絵の中に詰め込みたいと思って――よくわかんなくなったんだ」

「描けないと仰って、悩んでいたところですか?」

「そう。わからないんじゃなかったんだ。そもそもいっしょに入れるのに無理があった。例えば白と黒をいっしょに入れたい。灰色になるじゃん。でも俺が描きたいのは白と黒なんだ。その方法がわからなかった」

「はあ……」

「それで、こないだの慧を見たとき、二枚に分ければいいじゃん、って思ったの。葬式のときの慧も、霊園での慧も、強い感情のあるお前。そしてこっちが、そこのスツールに座ってくれてたときの慧。思い出話とか、雑談とかして。どっちもお前だ」

「そんなものなんでしょうか……」

　絵が二枚になった経緯を桂路は語ってくれるけれど、慧にはやはり理解しかねる。だが桂路はさっぱりと振り切ったような表情だ。

「うん。別に、身体の中がどんな色になったっていい。そのときの色を描けばいい。だから二枚あったって間違いじゃない。それ以上でも」

「僕の中身は、白と、黒ですか」

「いいや。七色——っていうか無限、かな。灰色のときもある、オレンジのときも、青いときも。人間だからすっごく細やかな中間色がある。だから、こっちの絵とこっちの絵の間には無限の枚数があるはずなんだ。しかも未来が何色になるかわからない」

「わ……すごい」

「そっかな」

「あの、……あの！　聞いてください！」

ちょっと照れくさそうに頭を掻く桂路に飛びついた。

「僕の心と同じ。こないだ僕が、上手く言葉にできなかったのと同じ」

桂路が今言ったことが全部、この胸に詰まっている。同じスペースに収まっていて、ページをぱらぱらとめくるように、いろんな色を表している。

「桂路さん、僕の心が見えるんですか？」

「いいや。見えないから困ってる」

「じゃあ、なんで」

「当たってる？」

「はい」

「よかった。心が身体の外に滲むときってあるよね。霊園でのおまえを見なかったら、まだしばらく描けなかった。ありがとう」

そんな桂路の言葉を聞いたとき、脳裏を過《よ》ぎるものがある。

――植えてごらんよ。

優しい彼らはそれぞれに、自分の未来を慈しんでくれるのだ。自分の未知数に賭けてくれている。

「これからもいろんな慧を見たい。できればキャンバスに残していきたい。だからこれは始まりの瞬間のひとつ」

ぽんぽんと、キャンバスの端に触れる桂路に、思わず言葉が溢れた。

「――……僕も見てほしいものがあるんです」

庭にこっそり種を植えた。植え方がわからず、ただ土を浅く掘って埋めて、水を撒《ま》いた。

腐っただろうかと思って昨日見に行ったとき、土がぽつぽつと盛り上がっていた。芽が出るかもしれない。

「に、庭で待っていてください。ちょっと待っていて」

「あ、うん。どうしたの？」

「種を取ってくるんです」

「種？」

「説明はあとでいたします。先に庭へ」

「わかった……」

「すぐにいきますので！」

気圧《けお》されたように軽く手を挙げる桂路を残して自室に走った。埋める前、写真を撮っておけばよかった。だが、どこに何色を埋めたかはだいたい覚えているし、出てきたものを見れば明らかだろう。

「全部同じ色……」

スリッパを履いて、庭に出た慧は絶句した。

「芽は普通そうだと思う」

桂路の答えは落ち着いたものだ。

花壇の隅に種を植えた。予兆の通り、三つ芽が出ていた。――すべて緑色の二葉だ。

「何を植えたの？　花？」

「あ……えと、あの、種を。種を！　見てほしいんです。これ」

慧はポケットからインク瓶ほどのガラス瓶を取りだした。

小さい瓶の底にチリチリと溜《た》まる、十粒ほどの七色の種だ。

「うお、これは！」

「麒一郎さんがくださったんです。検索したら『グラスジェムコーン』、別名『虹色コーン』というトウモロコシで、このまま埋めたら種になるとのことでしたので」

宝石粒のようなトウモロコシだ。赤、オレンジ、黄色、ピンク、紺色、ひとつの実に、ガラスでつくったような七色の粒がびっしりと着く。乾燥しきったせいで輝きは鈍いが色が圧縮されて鮮やかだ。

大きなビーズか、宝石のようだ。きれいなせいか、桂路の食いつきがいい。自分から受け取って光に透かして種を見ている。

「違う色の五粒を植えたんですが、まさかみんな……緑色の芽が出るとは……」

同じ色の粒は埋めていない。なのにどうしてこうなるのか――。

微かにうろたえる自分に、心配そうな顔で桂路が応えた。

「いや、色が変わるとしたら実だろ」

「あっ」

「成ってるとこ、見た？」

「……見ました……」

見舞いに寄越された花に含まれていたものだ。貰ったときは七色の実がぎっしりと並んでいたが、そういえば下に向かって剝がされた皮は、乾燥して白かった。

桂路は瓶を手にしたまま、花壇の前にしゃがみ込んだ。膝に腕を重ね、首を突き出して、子どものような格好で芽を覗《のぞ》きこんでいる。

「トウモロコシだから、多分大きくなると思う。もうちょっと安定したら、離して植え替えたほうがいいと思うよ」

「そう……ですね」

何も考えず、五センチくらいの距離で植えてしまった。どう考えたって近すぎる。短絡的にハンコを捺した桂路のことを責められない。自分は実の大きさを知っていたのに、こんな風に植えてしまった。

立ち上がった桂路は、自分の背中を励ますように撫でた。

「楽しみに待ってようよ。何色が成ったって、お前の色だ」

「……はい」

こういうことか、と、慧は笑い返した。

身体の中に、思い出が溜まってゆく。雪が降り積もるように、いろんな色の紙が重なるように、感情と思い出が堆積して『自分』ができてゆく。今はわからなくてもいい。何色が生まれたっていい。

来週行く山も、そしてこのトウモロコシも、少しずつ思い出になって自分の身体を満たしていくに違いない。

† † †

『多分、能勢《のせ》さんも喜んでくれる』

そう言って、今度の桂路はあっけないほど素直に、画廊に絵を持ち込む支度をした。心配になったのは慧のほうだ。こんなに良い結果を信じ切って持ち込んで、もしまた能勢からいい評価が得られなかったら桂路はどうするのだろう。少なくとも前回より傷つくに違いない。

正直なところ、どう見返したって、慧にはこのあいだの絵のほうが上手に見えていた。ほんとうに自分によく似ていたし、誰が見たって上手い。描き込みも、光も段違いで、明らかに前のほうが手が込んでいる。確かに、力強さとか、意志のような圧力があるのはこちらの絵だが、技術的にもこの間の絵のほうが高いのではないか。制作日数だって、同じ日数で二枚仕上げたとしたら、それぞれの手間は前の絵の半分だ。

銀のバーを押し開け、画廊の中に入っていく桂路のあとを付いていった。これまでいちばん緊張して、心臓がドキドキした。桂路がなにか勘違いしている可能性を、今も捨てきれずにいる。

おしゃれな黒のスカーフを首から垂らしている能勢は、相変わらず気やすい風で、「やあ」と言って手を上げ、桂路を歓迎してくれた。

「楽しみにしてた。今度は早いね」

にこにこしながらこの間のように自分たちを奥に通し、あのテーブルに鞄を置いた。ジッパーを開けた瞬間だ。

「あっ。すごい、いいじゃん！」

取り出すのを待たずに、能勢が声を上げた。

「こういうの！　こういうのでいこう、奥園くん！」

能勢はこの間とまるで違う人のように、目をキラキラと輝かせ、桂路と絵を見比べている。

「掛けてみよう、こっち右ね⁉　でしょ⁉」

「はい」

「だよね～！」

踊り出さんばかりの彼を見ながら、慧はそっと桂路に囁いた。

「わかるんですか？」

「わかってるみたい」

桂路も嬉しそうだ。右の黒い絵を掛け終わった能勢が、壁際から桂路を振り返った。

「ごめん待って、三日間、誰も買わなかったら俺に買わせて！　いや、二日。二日で頼む！」

「さすがに二日じゃ売れないでしょ？」

「わかんないよ？　こういうの、恋だもん。しかも一目惚れ。やー、もう売約済み付けとこうかな。最近、ギャラリーSANADAで値段上がったでしょ？　こないだ電話したけど、奥園さんの絵、入ってませんかって問い合わせあったもん」

「そこは能勢さんにおまかせします。色々コミで能勢さんにお預けさせてもらうので」

「わあ、嬉しいよ！　売れなきゃいいなあ」

ギャラリストがそんなことを言っていいのかと思うようなことを明るく言う能勢は、絵の右下を見て動きを止めた。

「──サイン変えた？」

「ちょっとだけ」

桂路は『Keiji.O』とサインを入れるが、その隅っこにVのような一筆が入っている。

能勢は腕を組んで、うんと唸《うな》って首を捻った。

「ハートかな？　いや、Vか？　ちなみに保坂くん、下のお名前は？」

「さとしです」

「んー。違うかー。何だろう？　奥園くん」

「今のところ、内緒です」

「えー」

慧は、正体を知っている。トウモロコシの芽だ。トウモロコシの芽は、一般に思い浮かぶ二葉ではなく、茎はなくて地面から直接Vの字に葉が生える。

「何ヶ月か後に教えますね」

あのトウモロコシの実が成ったら、それの一番気に入った色でサインを入れようと、桂路は約束してくれた。

桂路《けいじ》はソファに身を投げた姿勢で、軽くスマホを掲げてメールのタイトルを読み上げた。

「《ハラスメントに対する確認と警告》、って、慧《さとし》、何か聞いてる?」

「緒川《おがわ》さんですね。不要だとお伝えしたのですが」

キッチンカウンターの内側でお茶の用意をしている慧がすぐに答えた。慧に対しての桂路の態度を問う気らしい。桂路はのろのろと起き上がって、力ないため息をついた。

「まあ……さすがに俺に対して失礼だと思うし、あの人が俺を嫌いなのも知ってるけど、慧が大事にされてると思うと嬉しいよ」

「緒川さんは、桂路さんを嫌っていません」

「いやあ、全力で嫌ってるでしょ。嫌みも言いたい放題だし、語彙すごいよな、悪口の」

「確かにいつも辛辣な批評をなさいますが、緒川さんは、桂路さんのことがとても好きだと思います」

「ないない」

「あります。このあいだも展示会に来ていました」

「……緒川さんが?」

「ええ。サングラスをかけて、ジーンズをはいていましたが、間違いなく緒川さんです」

「マジで来てたの？　変装……いや、変装じゃないか、してまで？」

「変装でいいと思います。オフの緒川さんにお目にかかったことがありますが、普通にスーツを脱いだだけだったので、正直僕も目を疑いました」

「ほんとに……？」

「展示の絵をすべて見て、図録とはがきセットを購入されました。複製原画も購入したいとレジで仰っていたようですが、連絡先を書かなければならないのでおやめになったようです」

　パンフレットを兼ねる図録と、アクリルとデジタル絵のはがきセットだ。桂路のアクリル画は今も人気があるから、来場記念の気軽なグッズをつくっている。

「なぜ、教えてくれなかったの」

「プライベートですから。用もないのに声をかけるのはマナー違反だと教わっています」

　熱い紅茶をトレーに乗せて、慧がこちらにやってくる。

「そう。プライベートで」

「緒川さんは、けっこう面倒見がいいんです」

「……そうだろうな」

　慧の几帳面さと合理性は彼譲りだし、何よりこんなにまっすぐ慧を育ててくれたのだから。

この本を読んでのご意見、ご感想を編集部までお寄せください。

《あて先》〒141－8202　東京都品川区上大崎3－1－1　徳間書店　キャラ編集部気付
「セカンドクライ」係

【読者アンケートフォーム】
QRコードより作品の感想・アンケートをお送り頂けます。
Chara公式サイト http://www.chara-info.net/

■初出一覧

セカンドクライ……小説Chara vol.44(2021年7月号増刊)
私の名前……書き下ろし

セカンドクライ

……【キャラ文庫】

2023年2月28日　初刷

著　者　尾上与一
発行者　松下俊也
発行所　株式会社徳間書店
〒141-8202　東京都品川区上大崎3-1-1
電話　049-293-5521(販売部)
　　　03-5403-4348(編集部)
振替　00140-0-44392

印刷・製本　図書印刷株式会社
カバー・口絵　近代美術株式会社
デザイン　百足屋ユウコ+タドコロユイ(ムシカゴグラフィクス)

ISBN978-4-19-901093-4